Emanuel Swedenborg

Della nuova Gerusalemme e della sua dottrina celeste secondochè è stato udito dal cielo con un proemio sul nuovo cielo e sulla nuova terra

Antigonos

Emanuel Swedenborg

Della nuova Gerusalemme e della sua dottrina celeste secondochè è stato udito dal cielo con un proemio sul nuovo cielo e sulla nuova terra

Ristampa immutata dell'edizione originale del 1869.

1ª edizione 2024 | ISBN: 978-3-38663-499-1

Antigonos Verlag è un marchio della Outlook Verlagsgesellschaft mbH.

Verlag (Editore): Outlook Verlag GmbH, Zeilweg 44, 60439 Frankfurt, Deutschland
Vertretungsberechtigt (Rappresentante autorizzato): E. Roepke, Zeilweg 44, 60439 Frankfurt, Deutschland
Druck (Tipografia): Libri Plureos GmbH, Friedensallee 273, 22763 Hamburg, Deutschland

DELLA
NUOVA GERUSALEMME

E DELLA SUA

DOTTRINA CELESTE

SECONDOCHÈ È STATO UDITO DAL CIELO

CON UN PROEMIO

SUL NUOVO CIELO E SULLA NUOVA TERRA

PER

EMANUELE SWEDENBORG

TRADUZIONE DAL LATINO

ESEGUITA SULL'EDIZIONE DI LONDRA, 1758.

A SPESE DELLA SOCIETÀ DI SWEDENBORG

(36 BLOOMSBURY STREET, LONDON.)

FIRENZE.

Firenze, 1869. Tip. delle Murate.

DELLA
NUOVA GERUSALEMME

E DELLA SUA

DOTTRINA CELESTE

------><------

DEL NUOVO CIELO E DELLA NUOVA TERRA;
E QUEL CHE S' INTENDE PER LA NUOVA GERUSALEMME.

1. Dicesi nell'Apocalisse: « *Vidi nuovo Cielo e nuova Terra; perciocchè il primo Cielo e la prima Terra eran passati. E vidi quella santa Città, la Nuova Gerusalemme, che scendeva dal Cielo d'appresso a Dio, acconcia come una sposa, adorna per lo suo marito. La città avea un grande ed alto muro, ed avea dodici porte, e in su le porte dodici Angeli, e de'nomi scritti di sopra, che sono i nomi delle dodici Tribù d'Israele. E il muro della città avea dodici fondamenti, e sopra quelli erano i dodici nomi degli Apostoli dell'Agnello. Essa città era posta in figura quadrangolare, e la sua lunghezza era uguale alla sua larghezza. E fu misurata la città con la canna, fino a dodicimila stadi; e la lunghezza, la larghezza e l'altezza sua erano uguali. E misurato il muro d'essa era di cenquarantaquattro cubiti, a misura d'uomo, cioè d'Angelo. Era il suo muro di diaspro e la città stessa effettivamente d'oro puro, simile a vetro puro. E i fondamenti del muro della città erano adorni d'ogni pietra preziosa. Le dodici porte eran dodici perle; e la piazza della città d'oro puro, a guisa di vetro trasparente. La gloria di Dio l'alluminava; e il suo luminàre era l'Agnello. Le genti, che saranno state salvate, cammineranno alla sua luce, e li re della terra porteranno la gloria e l'onor loro in lei.* » — Cap. XXI. 1, 2, 12 a 24.

Chi legge queste parole non l'intende altrimente che secondo il senso letterale, vale a dire; che il Cielo visibile perirà con la Terra; ch'esisterà un nuovo Cielo; che sopra una nuova Terra scenderà la santa Città di Gerusalemme; e ch'essa sarà, quanto alle sue misure, secondo la descrizione. Ma gli Angeli le intendono in modo affatto diverso, vale a dire, ch'eglino intendono spiritualmente ogni parola che l'uomo intende naturalmente; e quel ch'essi intendono così è appunto ciò che quelle significano; e qui sta il senso interno e spirituale della Parola; nel senso interno o spirituale, in cui sono gli Angeli, per il nuovo Cielo e la nuova Terra, s'intende la nuova Chiesa, tanto ne'Cieli che nelle terre; — in seguito si parlerà dell'una e dell'altra Chiesa —; per la città di Gerusalemme discendendo dal Cielo d'appresso a Dio, s'intende la dottrina celeste di questa Chiesa; per la lunghezza, la larghezza e l'altezza, che sono eguali, s'intendono tutti i beni e tutti i veri di questa dottrina in complesso; per il suo muro s'intendono i veri che la difendono; per la misura del muro, che è di cenquarantaquattro cubiti, a misura d'uomo, cioè d'Angelo, s'intendono tutti quei veri che la difendono, in complesso, e lor qualità; per le dodici porte, ch'erano di perle, s'intendono i veri che introducono, parimente per i dodici Angeli in su le porte; per i fondamenti del muro, ch'erano adorni d'ogni pietra preziosa, s'intendono le conoscenze sulle quali fondasi questa dottrina; per le dodici Tribù d'Israele s'intendono tutte le cose della Chiesa in generale e in particolare, similmente per i dodici Apostoli; per l'oro simigliante a vetro puro, di cui la città e la piazza erano edificate, s'intende il bene dell'amore onde brilla la dottrina co'suoi veri; per le genti che saranno state salvate, e per li re della terra che porteranno la gloria e l'onor loro in lei, s'intendono tutti coloro della Chiesa che dimorano nel bene e nel vero; per Dio e per l'Agnello, s'intende il Signore, in quanto al Divino Esso stesso e in quanto al Divino Umano. Tale è il senso spirituale della Parola, a cui il senso naturale, che è il senso letterale, serve di base, ma ciò nondimeno, questi due sensi, lo spirituale, e il naturale, fanno uno per corrispondenze.

Che tal sia l'intelligenza spirituale attaccata ad ognuna di queste parole, non è qui il luogo da dimostrarlo, perciocchè non è l'oggetto di quest'opera; ma se ne possono vedere le prove esposte negli ARCANI CELESTI, ai seguenti paragrafi: — Che nella Parola per la Terra sia significata la Chiesa, soprattutto allor-

chè per la terra s'intende la terra di Canaan, num. 662, 1066,
1067, 1262, 1413, 1607, 2928, 3355, 4447, 4535, 5577, 8011, 9325,
9643; perchè, nel senso spirituale, per la terra s'intende la
Gente che l'abita e il loro culto, num. 1262. Il popolo della
terra sono coloro che appartengono alla Chiesa spirituale, num.
2928. Un nuovo Cielo e una nuova Terra significano un nuovo
ordine ne'cieli e nelle terre, in quanto ai beni ed ai veri, e
quindi relativamente alle cose attinenti alla Chiesa ne'Cieli e
a quella nelle terre, num. 1733, 1850, 2117, 2118, 3355, 4535,
10373. Quel che s'intenda per il primo Cielo e per la prima
Terra ch'eran passati, lo si può vedere nell'opuscolo DELL'ULTI-
MO GIUDIZIO E DELLA BABILONIA DISTRUTTA dal principio alla fine,
e specialmente, num. 65 a 72. — Che per GERUSALEMME sia
significata la Chiesa, in quanto alla dottrina, num. 402, 3654,
9166. Che per l'URBES e le CITTÀ sian significate le dottrine ap-
partenenti alla Chiesa ed alla Religione num. 402, 2450, 2712,
2943, 3216, 4492, 4493. — Che per il MURO della città sia significato
il vero difensivo della dottrina, num. 6419. — Che per le PORTE
della città sien significati, i veri che introducono nella dottrina, e,
mediante la dottrina, nella Chiesa, num. 2943, 4477, 4492, 4493. —
Che per le dodici TRIBÙ D'ISRAELE sieno rappresentati, e
quindi significati tutti i veri e tutti i beni della Chiesa, in generale e in particolare, e per tal guisa tutte le cose spettanti
alla fede e all'amore, num. 3858, 3926, 4060, 6335. — Che per
i dodici APOSTOLI DEL SIGNORE, il somigliante, num. 2129, 2553,
3354, 3488, 3858, 6397. — Quel che si dice de'dodici Apostoli,
*che sederanno sopra dodici troni e che giudicheranno le dodici
tribù d'Israele,* significa che tutti dovranno esser giudicati
secondo i veri e i beni della Chiesa, e perciò dal Signore, da
cui que'beni e que'veri derivano, num. 2129, 6397. — Che
per DODICI sien significate tutte le cose in complesso, num.
577, 2089, 2129, 2130, 3272, 3858, 3913; — Che lo stesso per il
numero cenquarantaquattro, perchè questo numero è il prodotto
di dodici moltiplicato pe'dodoci, num. 7973; — Che lo stesso
eziandio per dodici mille, num. 7973; — Che ogni numero nella
Parola significhi cose, num. 482, 487, 647, 648, 755, 813, 1963,
1988, 2075, 2252, 3252, 4264, 6175, 9488, 9659, 10217, 10253; —
Che i numeri che sono il prodotto d'una moltiplicazione signi-
fichino la medesima cosa che i numeri semplici dond'essi risul-
tano, num. 5291, 5335, 5708, 7973. — Che per la MISURA sia
significata la qualità della cosa, in quanto al vero ed al bene,

num. 3104, 9603, 10262. — Che per i FONDAMENTI del muro sieno significate le conoscenze del vero sulle quali si fondano i dottrinali, num. 9643. — Che pel QUADRANGOLARE O QUADRATO sia significato il perfetto, num. 9717, 9861. — Che per la LUNGHEZZA sia significato il bene e la sua estensione; e per la LARGHEZZA il vero e la sua estensione, num. 1613, 9487. — Che per lé PIETRE PREZIOSE siano significati i veri procedenti dal bene num. 114, 9863, 9865; — Che cosa sia significato per le Pietre preziose nell'Urim e Tummim, in generale e in particolare, num. 3862, 9864, 9866, 9891, 9895, 9905; che, per il DIASPRO di cui il muro era costrutto, num. 9872 — Che per la PIAZZA della città sia significato il vero della dottrina procedente dal bene, num. 2336 — Che per l'ORO sia significato il bene dell'*amore* num. 113, 1551, 1552, 5658, 6914, 6917, 9510, 9874, 9881. — Che per la GLORIA sia significato il Divin Vero, tale ch'è nel Cielo, e quindi l'intelligenza e la sapienza, num. 4809, 5292, 5922, 8267, 8427, 9429, 10574. — Che per le GENTI sieno significati coloro che son nel bene, e quindi, astrattamente, i beni della Chiesa, num. 1059, 1159, 1258, 1260, 1261, 1416, 1849, 4574, 6860, 9255, 9256. — Che per i RE siano significati coloro nella Chiesa che dimoran nei veri, e quindi, astrattamente, i veri della Chiesa, num. 1672, 2015, 2069, 4575, 5044; — Che le cerimonie dell'incoronazione de' re involgano cose tali che appartengono al Divino Vero, ma che la conoscenza di quelle cose siasi perduta oggidì, num. 4581, 4966.

2. Prima di trattare della Nuova Gerusalemme e della sua Dottrina, convien dir qualche cosa del Nuovo Cielo e della Nuova Terra. Nell'Opuscolo DELL'ULTIMO GIUDIZIO E DELLA BABILONIA DISTRUTTA, è stato dimostrato ciò che intendesi per il primo Cielo e per la prima Terra ch'eran passati, i quali dopo che furono passati, epperò dopo che l'Ultimo Giudizio fu compiuto, un Nuovo Cielo fu creato, cioè formato dal Signore; questo Cielo fu formato di tutti quelli che, dopo l'avvenimento del Signore fino al presente, avean vissuto la vita della fede e della carità, poichè essi soli eran della forma del Cielo; conciosiachè la forma del Cielo, secondo la quale vi si fa ogni consociazione e ogni comunicazione, sia la forma del Divin Vero secondo il Divin Bene procedente dal Signore, e l'uomo riveste quella forma, quanto al suo spirito, per la vita secondo il Divin Vero; che da ciò provenga la forma del Cielo, lo si vede nel libro DEL CIELO E DELL'INFERNO, num. 200 a 112; e che tutti gli Angeli sieno tante

forme del Cielo, Ib. num. 51 a 58, e 73 a 77. Quindi può sapersi di chi è stato composto il Nuovo Cielo, e quindi ancora quale egli è, cioè ch'egli è perfettamente unanime; conciossiachè, chi vive la vita della fede e della carità, ama altrui come sè stesso, e per l'amore lo congiunge a sè, e così a vicenda e mutuamente; perchè l'amore è congiunzione nel Mondo spirituale; laonde, quando tutti fanno simigliantemente, allora di parecchi, ed anche d'innumerevoli, consociati secondo la forma del Cielo, si costituisce l'unanime, e questo unanime diventa come uno, poichè non v'ha nulla che separi e divida, ma tutto congiunge ed unisce.

3. Poichè questo Cielo è formato di tutti coloro che furon tali dall'epoca del Signore fino al tempo presente, egli è evidente ch'esso è composto tanto di cristiani quanto di gentili, ma, nella massima parte, de'fanciulli delle terre di tutto l'universo, che morirono dopo il tempo del Signore, perciocchè essi tutti sono stati ricevuti dal Signore, educati nel Cielo, istruiti dagli Angeli, e in fin riservati, affinchè in un con gli altri, costituiscano un Nuovo Cielo; quindi può dedursi quanto grande sia cotesto Cielo; che tutti quelli che muoiono nell'infanzia sieno educati nel Cielo e divengano Angeli, lo si vede nel libro DEL CIELO E DELL'INFERNO, num. 329 a 345; e che il Cielo sia formato tanto di gentili quanto di cristiani, parimenti nel medesimo libro, numeri 318 a 328.

4. Inoltre per quel che concerne questo Nuovo Cielo, convien sapere, ch'egli è distinto dai Cieli Antichi, cioè da quelli che furono innanzi all'avvenimento del Signore; ma nondimeno quei Cieli sono stati coordinati con lui a modo tale, che costituiscono insieme un sol Cielo. Se quel Nuovo Cielo è distinto dai Cieli Antichi, si è perchè nelle Antiche Chiese non vi fu altra Dottrina che la Dottrina dell'Amore e della Carità, e perchè allora non si conosceva veruna Dottrina della fede separata: è ancora perciò che gli Antichi Cieli costituiscono la Distesa superiore, e il Nuovo Cielo poi la Distesa sotto di essi; perciocchè i Cieli sono Distese, le une sopra le altre: nelle Distese supreme abitano coloro che si chiamano Angeli celesti, la maggior parte de'quali appartennero all'Antichissima Chiesa; quelli che son quivi, chiamansi Angeli celesti, dall'Amor celeste che è l'amore verso il Signore: nelle Distese sotto di questi abitano coloro che nomansi Angeli Spirituali, i più dei quali sono dell'Antica Chiesa, quelli che sono colà, nomansi Angeli spirituali, dall'Amore spirituale,

ch'è la carità verso il prossimo: sotto di questi abitano gli Angeli che dimoran nel bene della fede; son coloro che vissero la vita della fede: vivere la vita della fede, è vivere secondo la dottrina della sua Chiesa; e vivere, è volere e fare. Tutti questi Cieli nondimeno fanno uno per l'influsso mediato ed immediato che procede dal Signore. Ma di questi Cieli può aversi un'idea più completa dalle cose che sono state esposte nel libro DEL CIELO E DELL'INFERNO, nell'articolo dei due Regni in cui i Cieli sono stati in generale distinti, num. 20 a 28; e nell'articolo dei tre Cieli, numeri 29 a 40; relativamente all'Influsso mediato e immediato, nella Collezione degli Estratti dagli ARCANI CELESTI, dopo il num. 603; e riguardo alla Chiesa Antichissima e Antica, nell'opusculo DELL'ULTIMO GIUDIZIO E DELLA BABILONIA DISTRUTTA, num. 46.

5. Questo basta in quanto al Nuovo Cielo; ora si dirà qualche cosa della Nuova Terra. Per la Nuova Terra s'intende la Nuova Chiesa nelle terre, attesochè, quando una precedente Chiesa cessa d'esistere, una Nuova Chiesa viene allora dal Signore instaurata; così si provvede dal Signore a che nelle terre vi sia sempre una Chiesa, perchè per la Chiesa v' ha congiunzione del Signore col Genere Umano, nonchè del Cielo col Mondo, perciocchè nella Chiesa il Signore è conosciuto, e nella Chiesa sono i Divini Veri, per i quali l'uomo si congiunge: che oggi una Nuova Chiesa sia instaurata, lo si vede nell'opuscolo DELL'ULTIMO GIUDIZIO, num. 74. Se la Nuova Chiesa è significata per la Nuova Terra, ciò è dal senso spirituale della Parola; infatti, in quel senso per la terra s'intende, non già una terra o contrada, ma la Gente stessa che l'abita e il loro Culto Divino, conciosiacchè sta qui lo spirituale che la terra rappresenta; inoltre per la terra, nella Parola, quando non v'è aggiunto il nome della regione, s'intende la terra di Canaan, e nella terra di Canaan v'era stata la Chiesa sin da tempi antichissimi, donde n' è derivato che tutti i luoghi di questa terra, e tutti quelli de' suoi dintorni, coi monti e i fiumi, che son nominati nella Parola, son diventati rappresentativi e significativi di quelle cose che sono gl'interni della Chiesa e i quali chiamansi i suoi spirituali; quindi è, come si è detto, che per la terra, nella Parola, — attesochè s'intende la terra di Canaan, — è significata la Chiesa; parimente qui per la Nuova Terra; da questo proviene che sia ricevuto nella Chiesa il dire: la Canaan celeste, e per questa intendere il Cielo. Che per la terra di Canaan,

nel senso spirituale della Parola, s'intenda la Chiesa, lo si è dimostrato negli Arcani Celesti, in diversi Articoli, fra i quali si riportano i seguenti: L'antichissima Chiesa ch'esistette avanti il Diluvio, e l'Antica Chiesa ch'esistè dopo, erano nella terra di Canaan, num. 567, 3686, 4447, 4454, 4516, 4517, 5136, 6516, 9327. Che allora ogni luogo vi sia divenuto rappresentativo di quelle cose che sono nel Regno del Signore e nella Chiesa, num. 1585, 3686, 4447, 5136. Che perciò fosse stato ordinato ad Abramo di recarvisi, giacchè appo i suoi posteri, discendenti da Giacobbe, instaurar si dovea una Chiesa rappresentativa, e dovea essere scritta una Parola, il cui ultimo senso consisterebbe in rappresentativi e significativi ch'erano in quella terra, num. 3686, 4447, 5136, 6516. Quindi è che per la Terra, e per la Terra di Canaan è significata la Chiesa, num. 3038, 3481, 3705, 4447, 4517, 5757, 10568.

6. Or si dirà brevemente quel che s'intende per Gerusalemme nella Parola nel suo senso spirituale. Per Gerusalemme s'intende la Chiesa essa stessa, in quanto alla sua dottrina; e cio' per la ragione che là, nella terra di Canaan, e non altrove, era il Tempio, era l'Altare, vi si facevano i sacrifizi, e perciò lo stesso Culto Divino; per la qual cosa ancora tre feste all'anno vi si celebravano, e ogni maschio di quella terra era tenuto ad assistervi. Ora dunque è dietro ciò che per Gerusalemme, nel senso spirituale, vien significata la Chiesa, in quanto al culto, o, il che torna il medesimo, in quanto alla dottrina, poichè il culto prescrivesi nella dottrina e si fa secondo quella. Se si dice: *la santa Città, la Gerusalemme Nuova, scendendo dal Cielo d'appresso a Dio*, si è perchè nel senzo spirituale della Parola, per la città e per l'*Urbem*, vien significata la dottrina, e per la santa città, la dottrina del Divin Vero; in fatti il Divin Vero è cio che si chiama Santo nella Parola; se si dice: *la Gerusalemme Nuova*, è per una ragione identica a quella per cui la Terra si dice nuova; infatti, come si è detto dianzi, per la Terra vien significata la Chiesa, e per Gerusalemme questa Chiesa, in quanto alla dottrina: se si dice, *discendendo dal Cielo d'appresso a Dio*, è perchè ogni Vero Divino, d'onde la dottrina procede, discende dal Signore per lo Cielo. Che per Gerusalemme non s'intenda una Città, si manifesta patente da che è detto, che *l'altezza sua* fosse come la lunghezza e la larghezza, *di dodici mille stadi*, vers. 16; e che *la misura del suo muro, ch'era di cento quaranta quattro cubiti, fosse misura*

d'uomo, cioè d'Angelo, vers. 17; poscia da che sia detto: *acconcia come una sposa in presenza di suo marito*, vers. 2; e più oltre, « *L'Angelo, disse: Vieni, io ti mostrerò la sposa, la moglie dell'Agnello; ed egli mi mostrò la Città santa, questa Gerusalemme* » vers. 10; ell'è la Chiesa che, nella Parola, vien chiamata sposa e moglie del Signore, sposa prima di congiungersi, e moglie allor ch'ella è congiunta; vedansi negli ARCANI CELESTI, num. 3103, 3105, 3207, 7022, 9182.

7. Per quel ·che concerne particolarmente la Dottrina che verrà ora esposta, essa vien pure dal Cielo, poichè viene dal senso spirituale della Parola, e il senso spirituale della Parola è l'identica cosa colla Dottrina che è nel Cielo, essendochè in Cielo, come in terra, havvi una Chiesa; in fatti là v'è una Parola, v'è una Dottrina derivata dalla Parola, vi son Tempii ed in quelli si predica; conciosiachè là vi son Governi ecclesiastici e civili; in una parola, fra le cose che son nei Cieli e quelle che son nelle terre, altra differenza non v'ha che questa, cioè, che nei Cieli sono in uno stato più perfetto, perchè tutti quelli ch'ivi abitano sono spirituali, e perchè le cose spirituali superano immensamente in perfezione le naturali; che nei Cieli sianvi tali cose, lo si vede nell'intero libro DEL CIELO E DELL'INFERNO, specialmente nell'articolo, dei Governi nel Cielo, num. 213 a 220; e nell'articolo del Culto Divino nel Cielo, num. 221 a 227. Dietro ciò può chiaramente scorgersi quel che s'intende per la santa Città che videsi scender dal Cielo d'appresso a Dio. Ma or m'accosto alla stessa DOTTRINA che è per la Nuova Chiesa, la quale perchè m'è stata rivelata dal Cielo, chiamasi DOTTRINA CELESTE giacchè dar questa Dottrina si è il proponimento di quest'Opera.

INTRODUZIONE ALLA DOTTRINA.

8. Chesia lafine della Chiesa quando non v'è più alcuna fede, perchè non v'è più nessuna carità, è stato dimostrato nell'opuscolo DELL'ULTIMO GIUDIZIO E DELLA BABILONIA DISTRUTTA, num. 33 a 39. Or poichè le Chiese nel Mondo Cristiano si son distinte solo per cose tali che spettano propriamente alla fede, e che d'altronde la fede è nulla laddove non è la carità, vorrei prima d'esporre la Dottrina della Nuova Gerusalemme, premettere qui

qualche osservazione sulla Dottrina della Carità appo gli Antichi. Si è detto, *le Chiese nel Mondo Cristiano*, e per esse s'intendono le Chiese presso i Riformati ossia Evangelici, ma non però presso i Cattolici Romani, perchè la Chiesa Cristiana non è presso costoro, conciossiachè dove è la Chiesa, ivi il Signore è adorato e la Parola letta: altrimente avviene presso i Cattolici Romani; essi medesimi invece vi si adorano in luogo del Signore; s'inibisce al popolo di leggere la Parola; e le decisioni del Papa vengono inalzate al grado stesso della Parola, e ancor più, sulla Parola.

9. La Dottrina della carità, che è la Dottrina della vita, era la Dottrina stessa delle Antiche Chiese; — su queste Chiese, veggansi negli Arcani Celesti i num. 1238, 2385; — e questa Dottrina congiungeva tutte le Chiese, e così, di più ne faceva una sola; infatti, si riconoscevano per uomini della Chiesa tutti quelli che viveano nel bene della carità e si chiamavan fratelli, comunque, d'altronde, dissentissero in quanto ai veri, che oggi chiamansi i veri della fede; essi s'istruivano l'un l'altro in quei veri, il che era nel novero delle opere della loro carità; ed ancora non s'indignavano se taluno non accedeva all'opinione d'un altro; sapendo che ciascun non riceve il vero, se non a proporzione che è nel bene. Poichè tali furono le Antiche Chiese, perciò gli uomini di quelle Chiese eran uomini interiori, e perchè erano interiori, essi eran più savii; perciocchè quelli che sono nel bene dell'amore e della carità sono, in quanto all'uomo Interno, nel Cielo, e quivi, per quel che concerne lo stesso uomo, nella Società Angelica ch'è in un bene simigliante; quindi l'elevazione della loro mente verso gl'interiori, e quindi la loro saviezza; infatti la sapienza non può venir d'altra parte all'infuori del Cielo, cioè dal Signore per lo Cielo; e la sapienza è in Cielo, perchè là si è nel bene. La sapienza consiste nel vedere il vero alla luce del vero, e la luce del vero è la luce che è nel Cielo. Ma quella sapienza antica nel corso del tempo decrebbe; essendochè, per quanto il genere umano s'è allontanato dal bene dell'amore verso il Signore, e dell'amore verso il prossimo, amor che chiamasi Carità, altrettanto ancora s'è allontanato dalla sapienza, perchè altrettanto s'è allontanato dal Cielo; in conseguenza di che, da uomo Interno, l'uomo è divenuto uomo Esterno, e ciò successivamente; e poichè l'uomo fu divenuto Esterno, egli divenne eziandio Mondano e Corporale; e quando esso è tale, poco si cura delle cose del Cielo, perciocchè allora

i piaceri degli amori terrestri, e con essi i mali, che per quegli amori son dilettevoli all'uomo, lo signoreggiano interamente, e allora tuttociò che ode della Vita dopo la morte, del Cielo e dell'Inferno, in una parola, degli Spirituali, è come fuori di lui, e non dentro di lui, come tuttavia d'uopo sarebbe che fosse. Da qui proviene ancora che la Dottrina della Carità, ch'era tenuta in tanto pregio appo gli Antichi, sia oggidì nel novero delle cose interamente perdute; dappoichè chi conosce al giorno d'oggi ciò che sia la Carità nel suo vero senso, e ciò che sia il Prossimo nel suo vero senso? Pur tuttavia quella Dottrina non solamente insegna questo, ma contiene per di più innumerevoli cose, di cui neppur la millesima parte se ne conosce oggidì: tutta la Sacra Scrittura non è altro che la Dottrina dell'Amore e della Carità; la qual cosa è pure ciò che il Signore insegna, dicendo: — « *Tu amerai il Signore Iddio tuo con tutto il tuo cuore, e con tutta l'anima tua, e con tutta la mente tua; questo è il primo e il gran comandamento; e il secondo simile ad esso è: Tu amerai il tuo Prossimo come te stesso. Da questi due comandamenti dipendono la Legge e i Profeti* ». Matt. XXII. 37, 38 e 39. La Legge e i Profeti sono la Parola in generale e in particolare.

10. Nei seguenti Capitoli, a ciascuna Sezione della Dottrina verranno aggiunte le Collezioni degli Estratti dagli ARCANI CELESTI,[1] posciachè le medesime cose trovansi in essi più ampiamente spiegate.

DEL BENE E DEL VERO.

11. Tutte le cose che nell'Universo sono secondo l'Ordine Divino, si riferiscono al Bene e al Vero; non v'ha nulla nel Cielo, nè cosa alcuna nel Mondo, che non si riferisca a questi due; la ragione si è, perchè l'uno e l'altro, tanto il Bene quanto il Vero, procedono dal Divino da cui procedono tutte le cose.

12. Quindi è evidente nessuna cosa essere più necessaria all'uomo quanto di sapere ciò che sia il Bene ed il Vero, come

[1] In questa prima edizione s'è creduto opportuno d'omettere le Collezioni degli Estratti dagli *Arcani Celesti*, titolo d'un'opera in 16 volumi, dello stesso Autore Emanuele Swedenborg. In quest'opera si ha la chiave del senso spirituale ed interno della Sacra Scrittura.   *(Nota del Traduttore).*

l' uno riguarda l'altro, e come l' uno si congiunge all'altro; ma questo massimamente è necessario all' uomo della Chiesa; perciocchè, siccome tutte le cose del Cielo si riferiscono al Bene e al Vero, così pure tutte quelle della Chiesa, essendo i beni e i veri del Cielo eziandio beni e veri della Chiesa. Questa è la ragione per cui si dà principio innanzi tutto a trattare del Bene e del Vero.

13. Egli è secondo l'Ordine Divino che il Bene ed il Vero siano congiunti, e non separati, di maniera che sieno uno e non due, giacchè congiunti procedono dal Divino, e congiunti sono in Cielo, e però così pure congiunti debbono essere nella Chiesa; la Congiunzione del bene e del vero chiamasi nel Cielo Connubio celeste, poichè in questo Connubio sono tutti coloro ch' ivi dimorano: da ciò proviene che nella Parola il Cielo sia assomigliato a un Matrimonio, e che il Signore sia chiamato Sposo e Marito, e il Cielo Sposa e Moglie, medesimamente la Chiesa; se il Cielo e la Chiesa si chiamano così, è perchè coloro che vi sono, ricevono il Divin Bene nei Veri.

14. Ogni Intelligenza e Sapienza che possedono gli Angeli, deriva da quel Connubio, e non ne deriva alcuna dal Bene separato dal Vero, nè dal Vero separato dal Bene: lo stesso è pure appo gli uomini della Chiesa.

15. Essendo la Congiunzione del bene e del vero come un Matrimonio, egli è evidente che il bene ama il vero, e che reciprocamente il vero ama il bene, e che l' uno desidera d' essere all' altro congiunto: l' uomo della Chiesa in cui non esiste un tal' amore, nè un tal desiderio, non è nel Connnbio celeste, per conseguente in lui non v' è ancora la Chiesa, perocchè è la congiunzione del bene e del vero che fa la Chiesa.

16. I Beni sono moltiplici; in generale v'ha il Bene spirituale, e il Bene naturale, e l'uno e l'altro sono congiunti nel vero Bene morale. Come sono i Beni così pure sono i Veri, perchè i Veri appartengono al bene, e son la forma del bene.

17. Siccome avviene del Bene e del Vero, così, per l' opposto, avviene del Male e del Falso; conciosiachè a quel modo che tutte le cose che sono nell' Universo secondo l' Ordine Divino si riferiscono al bene ed al vero, del pari tutte quelle che son contro l' Ordine Divino si riferiscono al male ed al falso; di più, come il bene ama d' essere congiunto al vero, e reciprocamente, così pure il male ama d' essere congiunto al falso, e viceversa: inoltre ancora, a quel modo che ogni intelligenza e ogni sapienza nasce

dalla congiunzione del bene e del vero, così allo stesso modo, ogni stoltezza ed ogni follía, nasce dalla congiunzione del male e del falso. La congiunzione del male e del falso chiamasi Connubio infernale.

18. Dacchè il male e il falso son opposti al bene ed al vero, egli è evidente che il vero non può esser congiunto al male, nè il bene al falso del male; se il vero si aggiunge al male, esso non è più il vero, ma il falso, perchè è falsificato; e se il bene si aggiunge al falso del male, esso non è più il bene, ma il male, perchè adulterato. Il falso, che però non sia il falso del male, può tuttavia esser congiunto al bene.

19. Niuno, essendo nel male e quindi nel falso, per la confermazione e la vita, può sapere ciò che è il bene ed il vero, poichè ei crede ch' il suo male sia il bene, e conseguentemente crede ch' il suo falso sia il vero; ma chiunque è nel bene, e quindi nel vero, per la confirmazione e la vita, può saper ciò ch' è il male e il falso : di che la ragione è questa, ch' ogni bene ed ogni vero è nella sua essenza, celeste, e se non è celeste nella sua essenza, è, per lo meno, d' un origine celeste, ogni male poi, e, per conseguenza, ogni falso è, nella sua essenza, infernale, e se non infernale nella sua essenza, è, per lo meno, d' una origine infernale; or tutto quel ch' è celeste, è nella luce celeste, e tutto quel ch' è infernale è nelle tenebre.

DELLA VOLONTÀ E DELL' INTELLETTO.

28.[1] Vi son nell' uomo due facoltà che fanno la sua vita, l' una chiamasi *Volontà* e l' altra *Intelletto;* esse sono fra loro distinte, ma sono state create di maniera che siano uno, e quando sono uno, allora si chiamano *Mente;* esse sono pertanto la Mente umana, e tutta la vita dell' uomo è qui.

29. Siccome tutte le cose che sono nell' Universo secondo l' Ordine Divino si riferiscono al Bene ed al Vero, così pure, appo l' uomo, tutte le cose si riferiscono alla Volontà e all' Intelletto, dappoichè il bene, appo l' uomo, appartiene alla sua volontà, ed il vero, appo lui, appartiene al suo intelletto; in effetti,

---

[1] Pei numeri mancanti fra ciascun capo e l'altro, veggasi la Nota a pag. 12.

(Il Traduttore).

queste due facoltà, o queste due vite dell'uomo sono i ricettacoli e i subbietti del bene e del vero; la Volontà è il ricettacolo e il subbietto di tutto ciò che appartiene al bene, e l'Intelletto è il ricettacolo e il subietto di tutto ciò che appartiene al vero; i beni ed i veri appo l'uomo non sono altrove; e poichè i beni ed i veri appo l'uomo non sono altrove, ne segue, che neppur l'Amore e la Fede sono in altra parte, giacchè l'amore appartiene al bene, e il bene all'amore, e la fede appartiene al vero, e il vero alla fede.

30. Ora, poichè tutte le cose nell'Universo si riferiscono al bene ed al vero, e tutte quelle della Chiesa al bene dell'amore ed al vero della fede, e poichè l'uomo è uomo per quelle due facoltà (VOLONTÀ E INTELLETTO), perciò trattasi di esse in questa Dottrina; diversamente l'uomo non ne potrebb'avere un'idea distinta, e il suo pensiero mancherebbe di base.

31. La Volontà e l'Intelletto fanno ancora lo Spirito dell'uomo, perciocchè in esse risiedono la sua sapienza e la sua intelligenza, e in generale la vita sua, il corpo non essendo che obbedienza.

32. Nulla importa maggiormente quanto di sapere in qual maniera la Volontà e l'Intelletto facciano una sola Mente: esse fanno una sola Mente come il bene ed il vero fanno uno; havvi in fatti tra la Volontà e l'Intelletto un tal Connubio, quale appunto esiste fra il bene e il vero; qual sia questo connubio, lo si può pienamente vedere da quel ch'è stato addotto di sopra sul bene e sul vero; cioè, che siccome il bene è l'Essere stesso della cosa, e il vero, per conseguente, l'Esistere di essa cosa, così appo l'uomo la Volontà è l'Essere stesso di sua vita, e l'Intelletto è per conseguenza l'Esistere della vita che procede dall'Essere, perchè il bene che appartiene alla Volontà si forma nell'Intelletto e presentasi alla vista.

33. In coloro che son nel bene e nel vero v'è la volontà e l'intelletto, ma in quelli che son nel male e nel falso, non v'è nè la vólontà, nè l'intelletto; invece della volontà v'è la cupidità, e invece dell'intelletto, la scienza; perciocchè la volontà veramente umana è il ricettacolo del bene, e l'intelletto il ricettacolo del vero; per la qual cosa la volontà non può dirsi del male, nè l'intelletto del falso, perocchè son opposti, e l'opposto distrugge. Da ciò proviene che l'uomo ch'è nel male e per conseguente nel falso, non possa esser detto nè razionale, nè savio e intelligente, e inoltre appo i malvagi son chiusi gl'interiori attinenti alla Mente dove risiedono principalmente

la Volontà e l'Intelletto. Si crede che appo i cattivi vi sia anche la volontà e l'intelletto, perchè essi dicono che vogliono e che intendono; ma il loro volere non è che concupire, e il loro intendere non è che sapere.

DELL' UOMO INTERNO E DELL' UOMO ESTERNO.

36. L'uomo è stato creato di tal maniera, ch'egli è simultaneamente nel Mondo spirituale e nel Mondo naturale; il Mondo spirituale è dove sono gli angeli, e il Mondo naturale, dove sono gli uomini; e poichè l'uomo è stato cosi creato, perciò gli è stato dato un Interno e un Esterno; un Interno, per il quale egli è nel Mondo spirituale; un Esterno, per cui è nel Mondo naturale. Il suo Interno è quel che chiamasi l'uomo Interno, e il suo Esterno quel che si chiama l'uomo Esterno.

37. In ogni uomo v'è un Interno ed un Esterno, però altro è appo i buoni altro appo i cattivi; l'Interno appo i buoni è nel Cielo e alla luce di esso, e l'Esterno è nel Mondo e alla luce del Mondo, e questa luce appo loro è rischiarata dalla luce del Cielo, e così appo loro l'Interno e l'Esterno fanno uno, come la causa efficiente e l'effetto, o come l'anteriore e il posteriore. Ma appo i cattivi l'Interno è nel Mondo e alla luce di esso, e in questa stessa luce è anche l'Esterno; laonde essi non veggono nulla alla luce del Cielo, ma essi veggono solamente alla luce del Mondo, luce che vien da loro chiamata *lume naturale*; da ciò proviene che le cose che sono del Cielo siano per essi nelle tenebre, e le cose che sono del Mondo, alla luce. Dietro questo è evidente, che per i Buoni v'ha l'uomo Interno e l'uomo Esterno; ma per i Malvagi non v'ha l'uomo Interno, ma solo l'Esterno.

38. L'uomo Interno è quello che si chiama uomo Spirituale, perciocchè egli è alla luce del Cielo, luce ch'è spirituale; e l'uomo Esterno e quello che chiamasi uomo Naturale, dappoichè egli è alla luce del Mondo, luce ch'è naturale; l'uomo il cui Interno è alla luce del Cielo e l'Esterno alla luce del Mondo, egli è uomo Spirituale in quanto all'uno e all'altro; ma l'uomo il cui Interno non è alla luce del Cielo, ma solamente alla luce del Mondo, in cui è pure l'Esterno, egli è uomo Naturale in

quanto all'interno e all'esterno. L'uomo Spirituale è quello che, nella Parola, chiamasi *Vivente*, e l'uomo Naturale, quello che chiamasi *Morto*.

39. L'uomo il cui Interno è nella luce del Cielo e l'Esterno nella luce del Mondo pensa spiritualmente e naturalmente, ma il suo pensiero spirituale influisce allora nel suo pensiero naturale e vi si percepisce. Ma l'uomo il cui Interno con l'Esterno è nella luce del Mondo pensa non spiritualmente, ma materialmente, perciocchè egli pensa dietro cose tali ch'e sono nella natura del Mondo, le quali tutte sono materiali. Pensare spiritualmente è pensare le cose stesse in sè, vedere il vero per la luce del vero e percepire il bene per l'amore del bene, e più ancora veder le qualità delle cose e percepirne le affezioni, fatt' astrazion dalla materia; ma pensar materialmente, è pensare, vedere e percepire quelle cose in un con la materia, e così rispettivamente d'una maniera grossolana ed oscura.

40. L'uomo Interno spirituale, considerato in sè, è un Angelo del Cielo, ed anche mentre egli vive nel corpo, è, quantunque allora nol sappia, in società con gli Angeli, e dopo ch'è stato sciolto dal corpo ei viene fra gli Angeli; ma l'uomo Interno meramente naturale, considerato in sè, è uno spirito e non un Angelo, e altresì mentre vive nel corpo egli è in società con gli Spiriti, ma con quelli che son nell'inferno, e dopo ch'è stato sciolto dal corpo, viene ancora fra quelli.

41. Gl'interiori appo quelli che son uomini spirituali, anche in attualità sono elevati verso il Cielo, poich'eglino lo riguardano in primo luogo; ma gl'interiori poi spettanti alla mente appo coloro che son meramente naturali sono attualmente rivolti verso il mondo, perciocchè eglino riguardano il mondo in primo luogo. Gl'interiori che appartengono alla mente appo ciascuno son rivolti verso quel ch'egli ama sovr'ogni altra cosa; e gli esteriori che appartengono all'animo sono rivolti dove sono gl'interiori.

42. Coloro che non han che una idea comune dell'uomo Interno e dell'uomo Esterno, credono che l'uomo Interno sia quello che pensa e che vuole, e l'uomo Esterno quello che parla ed agisce, perchè pensare e volere è interno, e quindi parlare e agire è esterno: ma fa d'uopo sapere che quando l'uomo pensa con intelligenza e vuole con saggezza, egli pensa e vuole dall'interno spirituale, ma quando l'uomo pensa senza intelligenza e vuole senza saggezza, egli pensa e vuole dall'Interno

naturale: in conseguenza, quando, relativamente al Signore e alle cose che al Signore appartengono, e in riguardo al prossimo e alle cose che appartengono al prossimo, l'uomo pensa e vuol loro del bene, allora ei pensa e vuole dall'Interno spirituale, perchè è secondo la fede del vero e l'amore del bene, e però dal Cielo; ma quando l'uomo pensa male di quelli e vuol loro del male, ei pensa dall'Interno naturale, perchè è secondo la fede del falso e l'amore del male, e perciò dell'Inferno; in una parola, per quanto l'uomo è nell'amore verso il Signore e nell'amore in riguardo al prossimo, attrettanto è nell'Interno spirituale, e pensa e vuole, ed ancora parla ed agisce secondo questo Interno, ma per quanto l'uomo è nell'amore di sè e nell'amore del mondo, altrettanto è nell'Interno naturale, e pensa e vuole, e altresì parla e agisce, secondo quest'Interno.

43. Egli è stato cosi provveduto ed ordinato dal Signore che nella misura che l'uomo pensa e vuole secondo il Cielo, in egual proporzione si apra e si formi l'uomo Interno spirituale; l'apertura è in Cielo fino al Signore, e la formazione è conforme alle cose che appartengono al Cielo. Ma viceversa tanto l'uomo pensa e vuole, non secondo il Cielo, ma secondo il Mondo, altrettanto si chiude l'uomo Interno spirituale, e l'uomo Esterno s'apre; l'apertura è nel Mondo, secondo le cose che appartengono al Mondo.

44. Quelli appo i quali l'uomo Interno spirituale è aperto nel Cielo verso il Signore, sono nella luce del Cielo e nell'illuminazione ch'emana dal Signore, e quindi nell'intelligenza e nella saggezza; essi veggono il vero perchè è il vero, e percepiscono il bene perchè è il bene. Ma coloro appo i quali l'uomo Interno spirituale è chiuso, non sanno che vi sia un uomo Interno, e meno ancora quel che sia l'uomo Interno, e non credono nè al Divino, nè alla vita dopo la morte, nè per conseguenza a quelle cose che son del Cielo e della Chiesa; e poichè essi sono unicamente nella luce del Mondo ed al bagliore che da quella proviene, essi credono alla Natura come fosse il Divino, e veggono il falso come vero, e percepiscono il male come bene.

45. L'uomo il cui Interno è cotanto Esterno che non crede se non a ciò che può vedere co'propri occhi e toccar con le proprie mani, chiamasi uomo sensuale; egli è uomo naturale all'infimo grado, ed è in illusioni su tutte le cose che appartengono alla fede della Chiesa.

46. L'Interno e l'Esterno di cui si è trattato son l'Interno

e l'Esterno dello Spirito dell'uomo: il suo corpo è unicamente un Esterno sopraggiunto, dentro di cui esistono quell'Interno ed Esterno dello Spirito; dappoichè il corpo non fa nulla da sè, bensì agisce per lo Spirito ch'è in esso. Importa a sapersi che lo Spirito dell'uomo dopo lo scioglimento dal corpo, pensa e vuole, parla e agisce, come per lo innanzi; pensare e volere è il suo Interno, e parlare e agire è allora il suo Esterno. Veggasi in proposito nel libro DEL CIELO E DELL'INFERNO ai num. 234 a 245, 265 a 275, 432 a 444, 453 a 484.

DELL'AMORE IN GENERALE.

54. La Vita stessa dell'uomo è il suo Amore; e quale è l'Amore tal'è la Vita, anzi tale è tutto l'uomo: ma l'Amor dominante si è quello che fa l'uomo. Quest'Amore tien sotto la sua dipendenza diversi amori, che son tante derivazioni; essi appariscono sotto un'altra forma, ma nondimeno dal primo all'ultimo tutti son nell'Amor dominante e fanno con lui un medesimo Regno; l'Amor dominante è come il loro Re e il loro Capo; esso li dirige, e per quelli, come per fini intermedi, esso mira e tende al suo Fine, ch'è il primo e l'ultimo di tutti; e ciò tanto direttamente che indirettamente. Quel che appartiene all'Amor dominante è ciò che s'ama sopra tutte le cose.

55. Quel che l'uomo ama sopra tutte le cose è incessantemente presente nel suo pensiero e anche nella sua Volontà, e fa la sua stessissima vita; a cagion d'esempio, chi sovratutto ama le ricchezze, sia che quelle consistano in danaro o in possessioni, ei continuamente volge nell'animo suo in qual maniera procacciarsele; gode intimamente quando le acquista, e si attrista intimamente quando le perde; il cuor suo è in esse. Chi s'ama sovr'ogni altra cosa, quegli ognor si sovviene di sè, parla di sè, agisce per sè, imperocchè la vita di sè stesso è la sua vita.

56. L'uomo ha per fine ciò che sovratutto egli ama, e l'ha di mira in ciascuna e in tutte le cose; è nella sua Volontà a guisa di vena nascosta d'un fiume che l'attira e trasporta anche mentre s'occupa d'altre cose, poichè è quel ch'egli ama. Gli è questo ciò che uno esplora appo un altro e scorge ancora, e dietro ciò lo conduce ovver lo seconda.

57. L'uomo è tale assolutamente qual'è il Dominante di sua vita; per questo si distingue dagli altri; secondo questo si fa il suo Cielo, s'egli è buono, e il suo Inferno, s'egli è cattivo; esso è la sua stessa Volontà, il suo Proprio, e la medesima sua Natura, poichè è l'Essere stesso di sua vita; dopo la morte non può esser cangiato, perciocchè esso è l'uomo medesimo.

58. Ogni piacere, ogni beatitudine e felicità deriva appo ciascuno dal suo Amor dominante, ed è secondo quell'Amore, conciossiachè l'uomo chiama piacere tuttociò che ama, perchè lo sente, quello poi che pensa e non ama, può eziandio chiamarlo piacere, ma non è il piacere di sua vita. Il piacere del suo amore è ciò che per l'uomo è il Bene, e il dispiacere è per lui il Male.

59. Vi son due Amori da cui tutt'i beni e tutt'i veri scaturiscono come dalla stessa loro sorgente; e vi son due Amori da cui scaturiscono tutt'i mali e tutt'i falsi. I due Amori, donde scaturiscono tutt'i beni e tutt'i veri, sono l'Amore verso il Signore e l'Amore rispetto al prossimo; e i due Amori, donde scaturiscono tutt'i mali e tutt'i falsi, son l'Amore di sè e l'Amore del Mondo: questi due Amori son'interamente opposti agli altri due.

60. I due Amori, donde scaturiscono tutt'i beni e tutt'i veri e che sono, come s'è detto, l'Amore verso il Signore e l'Amore rispetto al prossimo, fanno il Cielo appo l'uomo; per la qual cosa ancora essi regnano nel Cielo; e poichè essi fanno il Cielo appo l'uomo, fanno appo lui ancora la Chiesa: i due Amori, donde scaturiscono tutt'i mali e tutt'i falsi, e che sono, come s'è detto, l'Amore di sè e l'Amore del Mondo, fanno l'Inferno appo l'uomo; laonde ancora essi regnano nell'Inferno.

61. I due Amori, da cui scaturiscono tutt'i beni e tutt'i veri, e che sono, siccome è stato detto, gli Amori del Cielo, aprono e formano l'uomo Interno spirituale, perchè risiedono in esso; ma i due Amori, da cui scaturiscono tutt'i mali e tutt'i falsi, quando dominano, chiudono e distruggono l'uomo Interno spirituale, e fanno che l'uomo sia naturale e sensuale, secondo la quantità e la qualità di loro dominazione.

DEGLI AMORI DI SÈ E DEL MONDO.

65. L'Amor di sè consiste a non voler del bene che a sè solo, e a non volerne agli altri, fosse puranco alla Chiesa, alla Patria,

a qualche Società umana, o al Concittadino, se non per rapporto a sè; come ancora a non far loro del bene che in vista della riputazione, dell'onore e della gloria, di maniera che se non si scorge riputazione, onore o gloria nel bene che loro può farsi, si dice nel cuor suo: « Che importa a me? Perchè lo farei io? Che me ne ridonderebbe? » e così, non lo si fa; quindi è evidente che colui ch'è nell'Amore di sè, non ama nè la Chiesa, nè la Pàtria, nè la Società, nè il Concittadino, nè verun Bene, ma egli ama sè solo.

66. L'uomo è nell'Amore di sè, quando nelle cose che pensa e fa, non considera il Prossimo, nè per conseguenza il Pubblico, e meno ancora il Signore; ma non vede che sè e i suoi; conseguentemente allorchè fa ogni cosa per sè medesimo e per i suoi; se fa qualche cosa per il Pubblico e pel Prossimo, la fa solamente per esser riguardato.

67. Si è detto per sè medesimo e per i suoi, imperocchè colui che s'ama, ama puranco i suoi, i quali sono specialmente i Figliuoli e suoi Discendenti, e in generale tutti quelli che fanno uno con lui e ch'egli chiama i Suoi; amar questi e quelli, si è ancora amar sè medesimo, perchè ei li riguarda come in lui, e si considera come in essi; fra coloro ch'ei chiamava i suoi van compresi tutti quelli che lo lodano, l'onorano e lo venerano.

68. È nell'Amore di sè chi disprezza il prossimo paragonandolo a sè medesimo, chi lo riguarda come nemico se non gli è favorevole, e se nol venera e non gli rende omaggio; ancor di più è nell'Amore di sè chi per siffatta cagione odia il prossimo e lo perseguita; e maggiormente ancora chi, per la stessa cagione, arde di vendetta contro di lui ed agogna la sua perdita: cotali uomini pertanto amano incrudelire.

69. Per confronto con l'Amor celeste si può conoscere qual sia l'Amor di sè: L'Amor celeste consiste nell'amar gli usi per amor degli usi, e i beni per amor dei beni, che l'uomo fa alla Chiesa, alla Patria, a una Società umana o ad un Cittadino; ma chi li ama per amor di sè, non li ama altrimenti che come servitori, perchè lo servono: quindi ne segue, che chi è nell'Amor di sè, vuol che la Chiesa, la Patria, le umane Società ed i Concittadini lo servino, e non vuol servirli; si pone al di sopra di essi, e li mette sotto di sè.

70. Inoltre, tanto alcuno è nell'Amore celeste, che consiste nell'amar gli usi e i beni e nell'essere impressionato, facendoli, dal compiacimento del cuore, altrettanto è condotto dal Signore,

essendo questo l'amore in cui è il Signore medesimo e il quale da Esso procede: ma per quanto taluno è nell'Amor di sè, altrettanto si conduce da sè medesimo; e tanto si conduce da sè medesimo, altrettanto vien condotto dal Proprio suo; e il Proprio dell'uomo non è che il male, giacchè è il suo male ereditario, che consiste nell'amarsi di preferenza a Dio e nell'amare il Mondo di preferenza al Cielo.

71. L'Amore di sè è ancor tale, che per quanto gli si allentano i freni, cioè per quanto vengono rimossi i vincoli esterni, che sono il timor della legge e de' suoi castighi, e il timor della perdita della riputazione, dell'onore, del guadagno, degli impieghi e della vita, altrettanto si slancia fino a voler dominare, non solamente sopra tutto il globo, ma eziandio sul Cielo, e sul Divino medesimo; nè v'ha mai per quest'Amore termine o fine alcuno: siffatta cupidità celasi in ognuno ch'è nell'Amor di sè, benchè non apparisca agli occhi del Mondo, in cui, i freni e i vincoli summenzionati ne lo ritengono; e chiunque è tale, quando sulla sua via incontra un ostacolo impossibile a rimuovere, vi si arresta fino a che la cosa divenga possibile; si è dunque in conseguenza di tutto ciò, che l'uomo ch'è in cosiffatto Amore, non sa qual pazza e sfrenata cupidigia in lui si celi. Che sia così non v'ha alcuno che nol possa tuttavia vedere presso i Potenti ed i Re, per i quali, non esistendo quei freni, vincoli e quelle impossibilità, si precipitano sulle Provincie e su i Regni, li soggiogano sino a tanto che il successo li asseconda, ed aspirano ad una potenza e ad una gloria senza limiti; e più ancora appo coloro ch'estendono il loro Dominio sul Cielo, e trasferiscono in loro tutta la Potenza Divina del Signore, e tuttavia desiderano di più.

72. Vi son due generi di Dominazione: l'una è dell'Amore verso il prossimo; e l'altra, dell'Amore di sè. Queste due Dominazioni sono, nella loro essenza, opposte l'una all'altra; colui che domina per Amore verso il prossimo, vuol del bene a tutti, e niente ama di più, quanto d'adempier gli usi, e così di servir gli altri; — servir gli altri, si è, dal ben volere far del bene altrui e compier gli usi; — l'Amor suo è lì, e lì è il piacere del suo cuore; tanto costui viene inalzato a dignità, tanto se ne rallegra ancora, però non per le dignità, ma per gli usi che allora può fare con maggior copia ed in più alto grado, tale si è la Dominazione nei Cieli. Ma chi domina per Amor di sè, non vuol del bene a nessuno, tranne che a sè ed a' suoi; gli

usi che fa, son per il suo proprio onore, e per la sua propria gloria, son là per lui i soli usi; nel servir gli altri, egli ha per fine d'essere dagli altri servito, onorato, e di poter dominare; egli ambisce alle dignità, non per il bene che potrebbe fare, ma per occupar posti eminenti, per essere nella gloria e quindi nel piacere del suo cuore.

73. L'Amor della Dominazione rimane ancora appo ciascuno dopo la vita nel Mondo; ma a quelli che han dominato per Amor verso il prossimo, viene ancor affidata una Dominazione ne' Cieli; ed allora non son già essi che dominano, ma son gli usi e i beni ch'essi amano; e quando son gli usi e i beni che dominano, è il Signore stesso che domina: coloro poi che nel Mondo han dominato per Amor di sè, eglino, dopo la vita nel Mondo, son nell'Inferno, e là son vili schiavi.

74. Ciò posto, ora si può conoscere chi son coloro che trovansi nell'Amor di sè; poco importa qual' apparenza essi abbiano nella forma esterna, che siano altolocati ovvero sommessi, poichè i motivi di Dominazione son nell'uomo Interiore, e presso ai più l'uomo Interiore si nasconde, e l'uomo Esteriore è istruito nel simulare affezioni che appartengono all'Amor del Pubblico e del Prossimo, e però affezioni contrarie; e ciò ancora in vista di sè medesimo, sapendo in fatti che amare il Pubblico ed il Prossimo fa interiormente impressione su tutti gli uomini, e che di tanto si è amato e stimato; — se ciò fa impressione, si è perchè il Cielo influisce in quest'Amore.

75. I mali appo coloro che son nell'Amore di sè, sono, in generale, il Disprezzo degli altri, l'Invidia, l'Inimicizia contro quelli che loro non son favorevoli, l'Ostilità che ne proviene, gli Odi di diversi generi, le Vendette, le Astuzie, le Furberie, la Spietatezza, la Crudeltà; e là dove son tai Mali, ivi ancora è il Disprezzo del Divino e per i Divini, che sono i veri e i beni della Chiesa: s'eglino li onorano, è semplicemente con la bocca, ma non di cuore. È poichè questi mali scaturiscono da siffatto amore, da esso altresì provengono i falsi simiglianti, imperocchè i falsi vengono dai mali.

76. L'Amor del Mondo poi consiste nel voler attirare a sè le ricchezze degli altri per qualsiasi mezzo, nonchè nel porre il proprio cuore nelle ricchezze, e nel comportar che il Mondo lo distolga e l'allontani dall'Amore Spirituale, ch'è l'Amore rispetto al prossimo, e così l'allontani dal Cielo. Nell'Amor del Mondo son coloro che desiderano impossessarsi de' beni altrui

per differenti maniere, sopratutto quelli che mettono in opera l'astuzia e la furberia, riguardando come nulla il bene del prossimo : Coloro che sono in quest'Amore, concupiscono i beni altrui ; e, sin tanto ch'essi non temon le leggi, nè la perdita di lor riputazione, per amor del guadagno, essi spogliano non solo, ma saccheggiano.

77. Tuttavia l'Amor del Mondo non è opposto all'Amor celeste nel medesimo grado come l'Amor di sè, perchè in esso non si racchiudono tanti Mali. Quest'Amore è di diverse specie : Havvi l'Amor delle ricchezze per elevarsi agli onori ; l'Amor degli onori e delle dignità per ottener ricchezze ; havvi l'Amor delle ricchezze per differenti usi, che procacciano piacere nel Mondo ; havvi l'Amor delle ricchezze per le sole ricchezze, tal'è l'Amor appo gli Avari, e così va dicendo ; il fine per cui si desiderano le ricchezze, si chiama uso, e l'Amore trae la sua qualità dal fine o dall'uso ; giacchè tal'è il fine per cui si desidera, tal'è l'Amore ; tutte le altre cose gli servono come mezzi.

78. In una parola, l'Amore di sè e l'Amor del Mondo sono assolutamente opposti all'Amore verso il Signore e all'Amore per il prossimo ; laonde l'Amor di sè e l'Amor del Mondo son gli Amori infernali ; essi regnano eziandio nell'Inferno e fanno ancora l'Inferno appo l'uomo. Al contrario, l'Amore verso il Signore e l'Amore per il prossimo son gli Amori celesti, essi regnano parimente nel Cielo e fanno altresì il Cielo appo l'uomo.

79. Dal fin qui detto si può vedere, che tutti i mali son contenuti in que' due Amori e da quelli derivano ; imperocchè quei mali, che sono stati enumerati, num. 75, son comuni, *o generali*, e tutti gli altri, che non sono stati enumerati perchè son mali speciali, *o particolari*, derivano e scaturiscono da essi. Da ciò può vedersi, che l'uomo, nascendo in quei due Amori, nasce nei mali d'ogni genere.

80. A fin che l'uomo conosca i Mali, ei deve conoscere l'origine di essi, e s'egli non conoscesse i Mali nemmen potrebbe conoscere i Beni, e quindi saper non potrebbe qual'egli è : è perciò che qui si è trattato di quella duplice origine di Mali.

DELL'AMOR VERSO IL PROSSIMO, O DELLA CARITÀ.

84. Innanzi tutto dir si debbe che sia il Prossimo, poichè è quello che dev'essere amato, ed è a suo riguardo che esercitar si deve la Carità; in fatti, se non si sa che cosa è il Prossimo, la Carità può esercitarsi in una medesima maniera, senza distinzione egualmente rispetto ai malvagi che rispetto a' buoni; onde la Carità non sarebbe la Carità, poichè i cattivi dal bene che loro si fa, fanno del male al prossimo, ma i buoni lo beneficano.

85. La comune opinione, oggigiorno, è, che ogni uomo sia egualmento il prossimo, e debba beneficarsi chiunque ha bisogno di soccorsi; ma importa alla Cristiana prudenza d'esaminar bene qual'è la vita dell'uomo, e d'esercitar la carità secondo quella: l'uomo della Chiesa interna fa ciò con distinzione, epperciò con intelligenza; all'opposto l'uomo della Chiesa esterna, non potendo discernere le cose in questa guisa lo fa senza distinzione.

86. Le distinzioni di Prossimo, che l'uomo della Chiesa deve assolutamente conoscere, sono in rapporto col bene ch'è appo ciascuno; e poichè ogni Bene procede dal Signore, il Signore è, in senso supremo e nel grado più eminente, il Prossimo, e da Esso ne deriva l'origine; segue da ciò che ciascuno è il Prossimo in proporzione di quanto tiene del Signore appo lui; e siccome niuno riceve nella medesima maniera il Signore, cioè il Bene che procede dal Signore, così uno non è il Prossimo nella medesima maniera che un altro; in fatti, tutti quelli che sono ne' cieli, e tutti quelli che son buoni nelle terre, differiscono in quanto al bene, e non si dà mai appo due individui un bene assolutamente uno e identico; bisogna che sian differenti, acciocchè ognuno sussista da sè. Però tutti questi differenti beni, e quindi tutte le distinzioni di Prossimo, che si danno secondo la ricezione del Signore, cioè secondo la ricezione del Bene procedente da Lui, non possono conoscersi giammai, nè d'alcun uomo, nè d'alcun Angelo; solamente si ponno conoscere nel comune, per conseguenza conoscerne i generi e qualcehduna delle loro specie; ma il Signore non richiede di più dall'uomo della Chiesa se non ch'egli viva secondo quel che sa.

87. Essendo il Bene differente appo ciascuno, ne segue, che la qualità del Bene determina in qual grado e in che rapporto alcuno è il Prossimo: che sia così, lo si vede chiaramente dalla parabola del Signore su l'uomo « che s'abbattè in ladroni e fu da quelli lasciato mezzo morto; un Prete passò oltre, e un Levita ancora; ma un Samaritano, dopo ch'ebbe fasciate le sue piaghe, e che v'ebbe versato dell'olio e del vino, lo mise sopra la sua propria cavalcatura, e lo menò nell'albergo ed ordinò che s'avesse cura di lui; questi, avendo esercitato il bene della Carità, è chiamato il Prossimo. » — Luc. X. 29 a 37: — da qui può sapersi il Prossimo essere coloro che son nel bene: l'olio ed il vino che il Samaritano versò nelle piaghe, significano ancora il bene ed il vero di questo bene.

88. Da ciò che si è detto, ora è manifesto che, in un senso universale, il Bene sia il Prossimo, essendo l'uomo il Prossimo secondo la qualità del bene che appo lui procede dal Signore; e siccome il Bene è il Prossimo, così l'Amore è il Prossimo, giacchè ogni bene appartiene all'Amore; pertanto ciascun uomo è il prossimo secondo la qualità dell'Amore che in lui è dal Signore.

89. Che sia l'Amore che faccia il Prossimo, e che ciascuno sia il Prossimo secondo la qualità del suo amore, si manifesta chiaro da coloro che son nell'Amore di sè; costoro riconoscono per Prossimo quelli da cui sono maggiormente amati; cioè in tanto che son de'loro; essi li abbracciano, li bacianó, li beneficano e li chiaman fratelli; ben più ancora, siccome son cattivi, dicono che quelli sono il Prossimo a preferenza degli altri; considerano gli altri come Prossimo, secondo che altri li ama, quindi secondo la qualità e la quantità dell'Amore; cotali uomini traggon da loro medesimi l'origine del Prossimo per questa ragione, che si è l'Amore che fa e che determina. Coloro poi che non s'amano a preferenza degli altri, come son tutti quelli che appartengono al Regno del Signore, derivano l'origine del Prossimo da Colui ch'eglino devono amare sovra ogni altra cosa, quindi dal Signore; ed avranno per Prossimo ognuno secondo la qualità dell'Amore verso il Signore e procedente dal Signore. Da ciò chiaramente si scorge dove trar si debba, dall'uomo della Chiesa, l'origine del prossimo; come ognuno sia il prossimo, secondo il bene che procede dal Signore, e come il Prossimo sia lo stesso Bene.

90. Che sia così, il Signore lo insegna anche in Matteo;

poichè « *a coloro che furon nel bene, Egli disse, che Gli dettero da mangiare, che Gli dettero da bere, che L' accolsero, che lo vestirono, che Lo visitarono, e vennero a Lui in prigione; ed inoltre, che in tanto ch' essi avean ciò fatto ad un de' minimi fra i suoi fratelli, lo aveano fatto a Lui medesimo,* » XXV, 34 a 40; — in questi sei Beni, intesi nel senso spirituale, son compresi tutt' i generi del Prossimo. Da ciò egli è ancora evidente, che quando s' ama il Bene, s' ama il Signore, dappoichè è dal Signore che procede il Bene, si è Desso ch' è nel Bene, e si è Desso ch' è lo stesso Bene.

91. Il Prossimo, in vero, non è soltanto l' uomo nel singolare, ma è pure l' uomo nel plurale; in fatti è una Società piccola e grande, è la Patria, è la Chiesa, è il Regno del Signore, e, sovratutto, è il Signore Egli stesso; ecco il Prossimo che beneficar si deve per amore. Son questi pure i gradi ascendenti del Prossimo; essendochè una Società di più persone è in un grado più elevato, che l' uomo preso isolatamente; la Patria è in un grado più eminente che una Società; in un grado ancor più eminente è la Chiesa, e in un grado più eminente ancora è il Regno del Signore; da ultimo, nel grado supremo è il Signore. Questi gradi ascendenti sono come i gradini d' una scala alla cui sommità è il Signore.

92. Una Società è il Prossimo a preferenza d' un sol uomo, perchè ella si compone di più uomini; verso di lui esercitar si deve la carità nella stessa guisa come verso un singolo uomo, cioè, secondo la qualità del bene ch' è appo lei; quindi, del tutto altrimenti verso una società d' uomini probi che verso una società d' uomini non probi; una società viene amata quando si provvede al suo bene per amor del bene.

93. La Patria è il Prossimo di preferenza ad una società, poich' ella è come una madre; in fatti l' uomo vi nacque; ella lo nutrisce ed ella lo difende dall' ingiurie. Si deve per amore beneficar la Patria secondo le di lei necessità, che concernono principalmente il suo mantenimento, e la vita civile e la vita spirituale di coloro che v' abitano. Chi ama la Patria, e chi per buon volere la benefica, colui nell'altra vita ama il Regno del Signore, poiche là il Regno del Signore è per lui la Patria; e quegli che ama il Regno del Signore, ama il Signore, giacchè il Signore è tutto in tutte le cose del suo Regno.

94. La Chiesa è il Prossimo di preferenza alla Patria, imperocchè chi provvede alla Chiesa provvede alle anime e all' eterna

vita degli uomini che sono nella Patria ; laonde chi provvede alla Chiesa per amore, ama il Prossimo in un grado superiore, poichè ei brama e vuole per gli altri il Cielo ed in eterno la felicità della vita.

95. Il Regno del Signore è il Prossimo in un grado ancor superiore ; poichè il Regno del Signore componesi di tutti coloro che son nel bene, così di quelli che son nelle terre, come di quelli che son nei cieli; onde il Regno del Signore è il Bene con ogni sua qualità in complesso; quando si ama questo bene, s'ama ciascun di quelli che son nel bene.

96. Son questi i gradi del Prossimo, e secondo questi gradi si eleva l'amore appo coloro che son nell'amore verso il Prossimo; ma questi gradi son quelli nell'ordine successivo, in cui il grado anteriore o superiore dev'esser preferito al grado posteriore o inferiore ; e poichè il Signore è nel grado supremo, e in ciascun grado dovendo esser considerato Egli Stesso come il fine Cui deve tender l'uomo, ne segue ch'Egli stesso dev'essere amato sovra ognuna e sopra tutte le cose. Da ciò si può ora vedere come l'amore verso il Signore si congiunge con l'amore per il Prossimo.

97. Dicesi comunemente, in discorso, che ognuno sia il prossimo a sè medesimo, il che significa che ognuno deve primieramente occuparsi di sè; ma la Dottrina della Carità insegna come ciò dev'essere inteso. Ciascun deve da prima pensare per sè, a fin di procacciarsi le necessità della vita, come il vitto, il vestimento, l'abitazione, e parecchie altre cose che sono d'indispensabile necessità nella vita civile in cui si è; e questo non soltanto per sè, ma ancora per i suoi; e non unicamente pel tempo presente, ma eziandio per l'avvenire; imperocchè, se l'uomo non provvede a sè le necessità della vita, egli non può essere in grado d'esercitare la carità, poichè effettivamente ei manca di tutto.

98. Ma in qual modo ciascuno dev'essere il Prossimo a sè, lo si può vedere da questa adequazione : Ciascheduno deve provvedere per il suo corpo vitto e vestimenti ; è la prima cosa che deve farsi ; però, a questo fine, che abbiasi una mente sana in un corpo sano ; ed ognuno deve occuparsi della sua mente per l'alimento, cioè per quelle cose che spettano all'intelligenza ed alla saggezza, a questo fine, che la mente sia quindi in istato di servire i Concittadini, le umane Società, la Patria e la Chiesa, quindi il Signore; colui che fa così ben procura i suoi interessi eterni ; da questo è evidente che il principale sia là dove è il

fine per cagion di cui s'agisce, poichè tutto si riferisce a quello. Egli avviene ancora di ciò, come di chi costruisce una casa; da prima pone il fondamento, ma il fondamento sarà per la casa, e la casa per l'abitazione; chi crede essere il prossimo a sè, in primo luogo, è simile a chi riguarda il fondamento come fine, e non già la casa e l'abitazione, mentre che l'abitazione è tuttavia lo stesso fine, primo ed ultimo, e la casa con il fondamento è soltanto un mezzo al fine.

99. Il fine manifesta in che modo ognuno deve essere il prossimo a sè, e si deve occupare primieramente di sè; se il fine è d'esser più ricco degli altri, unicamente per le ricchezze, o per la voluttà, o per la preminenza, ed altre cose simili, il fine è cattivo; costui non ama il prossimo, ma sè stesso: invece se il fine è quello d'acquistarsi ricchezze per essere in grado di sovvenire i Concittadini, le umane Società, la Patria e la Chiesa, come pure di procurarsi pubblici Offizi per questo identico scopo; costui ama il prossimo. Lo stesso fine per cui si agisce fa l'uomo, perchè il fine è il suo Amore, ognuno avendo per primo ed ultimo fine ciò ch'egli ama sopra ogni altra cosa.

Fin qui del Prossimo; ora si parlerà dell'Amore a suo riguardo, o della *Carità*.

100. Credesi da molti che l'Amore verso il Prossimo consista nel dare ai poveri, nel soccorrere gl'indigenti, e nel benificare chicchessia; ma la Carità consiste nell'agir con prudenza, ed a questo fine, che ne risulti del bene: colui che soccorre qualche povero, o qualche indigente malfattore, fa per lui del male al prossimo, giacchè, per il soccorso che gli dà, lo conferma nel male e gli fornisce la facoltà di far del male agli altri; diversamente è di chi viene in soccorso dei buoni.

101. Ma la Carità s'estende molto più al di là dei poveri e degli indigenti; poichè la Carità consiste nell'agir con rettitudine in ogni opera, e nel fare il proprio dovere in ogni offizio. Se il giudice fa giustizia per la giustizia, egli esercita la carità; se punisce il colpevole ed assolve l'innocente, egli esercita la carità, perchè così provvede agl'interessi dei concittadini e agl'interessi della patria. Il sacerdote che insegna il vero e conduce al bene, per il vero e per il bene, esercita la carità; ma colui che fa tali cose per rispetto di sè e del Mondo, colui non esercita la carità, poichè non ama il prossimo, ma sè stesso.

102. Il medesimo avviene di tutti gli altri, sia che riempiano qualche funzione, sia che no; per esempio, dei figli verso i ge-

nitori, e dei genitori verso i figli; dei servi verso i padroni, e dei padroni verso i servi; dei sudditi verso il re, e del re verso i sudditi; colui infra di essi il quale adempie al dovere per il dovere ed eseguisce il giusto per il giusto, quegli esercita la carità.

103. Che sia qui ciò che costituisce l'Amore verso il prossimo o la Carità, la ragione si è, come è stato già detto, che ciascun uomo è il prossimo, ma in modo diverso; una Società piccola e grande è maggiormente il prossimo; la patria maggiormente; il Regno del Signore ancora di più; ed il Signore sopratutto; e, nel senso universale, il Bene, che procede dal Signore è il prossimo; per conseguenza il Sincero ancora e il Giusto: laonde, chi fa un bene qualunque per il bene, ed agisce con sincerità e giustizia, per il sincero e per il giusto, quegli ama il prossimo ed esercita la Carità, perchè quegli agisce per amor del bene, del sincero e del giusto, e quindi per amor verso quelli ne'quali è il buono, il sincero e il giusto.

104. La Carità adunque è un' affezione interna, per la quale l'uomo vuol fare il bene, e ciò senza rimunerazione; il piacer di sua vita essendo di fare il bene. Coloro che fanno il bene per interna affezione, in ogni singola cosa che pensano e dicono, e che vogliono e fanno, v'è la Carità; si può affermare che l'uomo e l'angelo in quanto ai loro interiori, son la Carità, allorchè per essi il bene è il prossimo. Tanto largamente s'estende la Carità.

105. Coloro che hanno per fine l'amor di sè e l'amor del Mondo, non ponno esser nella carità, a modo nessuno; eglino nemmeno sanno quel che sia la Carità, e non comprendono affatto che volere e fare del bene al prossimo, senza fin di mercede, sia il cielo nell'uomo, e che vi sia in questa affezione una felicità sì grande quanta è quella degli Angeli del Cielo, la quale è ineffabile; poichè essi credono, che se fossero privati della gioia ch'essi derivano dalla gloria, dagli onori e dalle ricchezze, non si darebbe più alcuna gioia; e tuttavia è allora soltanto che incomincia la gioia celeste che sorpassa infinitamente ogni altra gioia.

DELLA FEDE.

108. Non può sapersi che cosa sia la Fede nella sua essenza, se non si sa ciò che è la Carità, imperocchè là dove non è

la Carità, ivi non è la Fede, uno facendo la Carità con la Fede, come il Bene col Vero; in fatti, quel che l'uomo ama, o quel che gli è caro, è per lui il bene, e quel che l'uomo crede, è per lui il vero; quindi è evidente che fra la Carità e la Fede v'ha la stessa unione, qual'esiste tra il Bene ed il Vero; quale essa sia cotesta unione, può vedersi da ciò ch'è stato detto precedentemente DEL BENE E DEL VERO.

109. L'unione della Carità e della Fede è ancor simile a quella della Volontà e dell'Intelletto appo l'uomo, poichè son queste due Facoltà che ricevono il Bene ed il Vero, la Volontà il Bene, e l'Intelletto il Vero; così queste due Facoltà ricevono del pari la Carità e la Fede, giacchè il Bene appartiene alla Carità, ed il Vero alla Fede; che la Carità e la Fede siano appo l'uomo e nell'uomo, nessun l'ignora, e poichè sono appo lui ed in lui, esse non sono altrove che nella sua Volontà e nel suo Intelletto, imperocchè tutta la vita dell'uomo è là e di là deriva. L'uomo ha pur la Memoria, ma questa è solamente un vestibolo ove si raccolgono le cose che devono entrar nell'Intelletto e nella Volontà: quindi egli è evidente, che fra la Carità e la Fede, v'ha la stessa unione qual'esiste fra la Volontà e l'Intelletto; quale essa sia codesta unione lo si può vedere da ciò ch'è stato detto precedentemente sulla VOLONTÀ e l'INTELLETTO.

110. La Carità si congiunge con la Fede appo l'uomo, quando quel che l'uomo sa e percepisce, egli lo vuole; volere spetta alla carità, sapere e percepire, alla Fede; la Fede entra nell'uomo e divien cosa sua, quando egli vuole ed ama ciò che sa e percepisce; prima di questo essa è fuori di lui.

111. La Fede non è Fede appo l'uomo, eccetto che non divenga spirituale, ed essa non diviene spirituale a meno che non divenga cosa dell'amore, ed essa divien cosa dell'amore, allor che l'uomo ama di vivere il vero ed il bene, cioè, vivere secondo quel ch'è prescritto nella Parola.

112. La Fede è l'affezione del Vero proveniente dal volere il vero perchè è il vero, e volere il vero perchè è il vero, è lo spirituale stesso dell'uomo; in fatti questo è interamente separato dal naturale, ch'è di volere il vero, non già per il vero, ma per la gloria di sè, per la riputazione o per il lucro; il Vero, fatt'astrazione da tali motivi, è spirituale, perchè deriva dal Divino; ciò che procede dal Divino, è spirituale, e questo si congiunge all'uomo per l'amore, imperciocchè l'amore è una congiunzione spirituale.

113. L'uomo molto può sapere, pensare e comprendere, ma quelle cose che non concordano col suo amore, ei le rigetta lungi da sè, quando abbandonato a sè medesimo, egli riflette; ed è perciò ch'ei le rigetta ancora. dopo la vita del corpo, quando è in ispirito, poichè non rimane nello spirito dell'uomo se non che quello ch'entra nel suo amore; le altre cose, dopo la morte, si riguardano come estranee, le quali, non appartenendo al suo amore, egli le caccia via di casa. Si è detto nello spirito dell'uomo, perchè l'uomo vive spirito dopo la morte.

114. Dalla luce e dal calore del Sole uno può formarsi un'idea del bene che appartiene alla Carità e del vero che appartiene alla Fede; quando la Luce che proviene dal Sole è congiunta al calore, il che avviene nella stagione di primavera e d'està, tutte le produzioni della terra germogliano e fioriscono; ma quando nella luce non v'ha calore, come nella stagione d'inverno, tutte le produzioni della terra intorpidiscono e muoiono: così del pari, la Luce spirituale è il vero della fede, ed il Calore spirituale è l'amore. Ciò posto, uno può formarsi un'idea dell'uomo della Chiesa qual'egli è, allorchè appo lui la fede è congiunta alla carità, cioè, egli è come un giardino e come un paradiso; e qual'egli è, quando appo lui la fede non è congiunta alla carità, cioè, egli è come un deserto e come una terra coperta di neve.

115. La confidenza o la fiducia che dicesi della fede, e la quale si denomina la stessa fede che salva, non è una confidenza o fiducia spirituale, bensì naturale, quando essa appartiene alla sola fede; la confidenza o fiducia spirituale ha sua essenza e vita dal bene dell'amore, ma non già dal vero della fede separata; la confidenza della fede separata è morta; per la qual cosa la vera confidenza non può esistere appo coloro che conducono una cattiva vita: eziandio la confidenza che s'abbia la salute a cagion del merito del Signore appresso al Padre, comunque altronde sia stata la vita dell'uomo, non è neppure derivata dal vero. Tutti coloro che son nella fede spirituale, hanno la confidenza che sono salvati dal Signore, imperocchè essi credono che il Signore sia venuto nel mondo, per dar vita eterna a quelli che credono e vivono conforme ai precetti ch'Egli ha insegnati; e che li rigenera, li rende degni del Cielo, e che ciò faccia Egli solo, senza concorso dell'uomo, per pura Misericordia.

116. Creder quelle cose che insegna la Parola, o la Dottrina della Chiesa, e non conformarvi la propria vita, pare che sia la Fede, ed anche taluni s'immaginano che si salvin per essa,

ma per essa sola non si salva nessuno; dappoichè è una fede persuasiva, e tale qual' essa è, vuolsi ora qui dire.

117. La fede persuasiva si ha, quando si crede e si ama la Parola e la Dottrina della Chiesa, non già per il vero e la vita secondo il vero, ma per il lucro, gli onori e la rinomanza d'erudizione, come fini; laonde coloro che sono in questa fede, diriggono i loro sguardi non già al Signore ed al Cielo, bensì a sè medesimi ed al mondo. Quelli i quali nel mondo aspirano a grandi cose, e molte ne desiderano, sono in un più gran persuasivo che ciò che insegna la Dottrina della Chiesa sia il vero, che quelli altri i quali non aspirano a grandi cose e neppur molte ne desiderano; e ciò perchè la Dottrina non è altro, per i primi, che un mezzo per arrivare ai loro fini, e per quanto si desiderano i fini, altrettanto s'amano i mezzi, ed anche si ha in essi fiducia. Ma ecco tal qual' è la cosa in sè: Tanto costoro sono nel fuoco degli amori di sè e del mondo ed in forza di questo fuoco parlano, predicano ed agiscono, altrettanto dimorano in quel persuasivo, ed allora non sanno altro, se non che la cosa è così; ma quando non sono nel fuoco de' loro amori, essi credono poco, e parecchi fra loro non credon niente: quindi egli è evidente che la fede persuasiva è una fede di bocca e non di cuore, e perciò in sè non è la fede.

118. Coloro che son nella fede persuasiva, non sanno, per alcuna illustrazione interna, se le cose ch'essi insegnano siano i veri o i falsi; essi non se ne curan nemmeno, purchè sian credute dal volgo; giacchè essi non sono in veruna affezione del vero, per il vero; laonde se sono privati degli onori e dei guadagni, recedono dalla fede, sempreché non ne corra pericolo la riputazione; stantechè la fede persuasiva non è interiormente appo l'uomo, ma se ne sta al di fuori, soltanto nella memoria, da cui s'estrae allor che s'insegna; laonde ancora, questa fede co'suoi veri, dopo la morte, svanisce; ed effettivamente non rimane allora della fede, se non ciò che interiormente è nell'uomo, cioè, quel ch'è radicato nel bene, per conseguenza, quel ch'è divenuto cosa della vita.

119. Coloro i quali sono nella fede persuasiva son' intesi per questi in Matteo: « *Molti mi diranno in quel giorno: Signore! Signore! non abbiamo noi profetizzato in Nome tuo, e in Nome tuo cacciati demoni, e fatte, in Nome tuo, molte potenti operazioni? Ma Io allora protesterò loro: Io non vi conobbi giammai, Operatori d'iniquità.* » — VII. 22, 23. — Poi in Luc: « *Allora prenderete a dire: Noi abbiamo mangiato e bevuto in Tua pre-*

senza, e Tu hai insegnato nelle nostre piazze; ma Egli dirà: Io vi dico che non so donde voi siate; dipartitevi da Me, voi, tutti operatori d'iniquità. » — XIII. 26 27: — Ancora s'intendono per le cinque vergini insensate che non avevano dell'olio nelle lor lampade, in Matteo: « *Poi appresso vennero anche le altre vergini dicendo: Signore! Signore! aprici. Ma Egli rispondendo disse: Io vi dico in verità, ch'Io non vi conosco.* » — XXV. 11, 12. — L'olio nelle lampade è il Bene dell'amore nella Fede.

DELLA PIETÀ.

123. Credesi da molti che la vita spirituale, ossia la vita che conduce al Cielo, consista nella *Pietà*, nella *Santità esterna* e nella *Rinunzia al mondo:* ma la Pietà senza la carità, la Santità esterna senza la Santità interna, e la Rinunzia al mondo senza la vita nel mondo, non fanno la vita Spirituale; ciò che davvero la fa, è la Pietà per la Carità, è la Santità esterna per la Santità interna, è la Rinunzia al mondo con la vita nel mondo.

124. La Pietà consiste nel pensare e nel parlare piamente, nell'applicarsi molto alla preghiera, comportandosi allora con umiltà, nel frequentare i tempii ed ascoltarvi devotamente le prediche, nel partecipare frequentemente ogni anno al sacramento della Santa Cena, e nell'assistere alle altre cerimonie del culto secondo gli statuti della Chiesa. Ma la vita della Carità è di voler bene al prossimo e di beneficarlo; d'agire in ogni opera secondo il giusto e l'equo, e secondo il bene ed il vero, parimente in ogni funzione; in una parola, la vita della carità consiste nel far gli usi. Il Culto Divino consiste nella vita della carità primieramente, in secondo luogo poi nella vita della pietà; laonde chi separa l'una dall'altra, cioè, chi conduce la vita della pietà e non al tempo stesso la vita della carità non rende un culto a Dio; taluno pensa a Dio, gli è vero, ma si è per sè è non per Dio, poichè egli pensa continuamente a sè medesimo, e in nessun conto al prossimo, e se pur pensa al prossimo, ei lo vilipende, se non è simile a lui; egli pensa ancora al cielo, ma come ricompensa, onde nell'animo suo v'è il merito ed anche l'amor di sè, poi eziandio il disprezzo o la negligenza degli usi, e però del prossimo, ed in pari tempo la credenza d'essere irreprensibile. Quindi può vedersi che la vita della Pietà, separata dalla vita della Carità, non è la vita spirituale, la quale esser deve nel culto Divino — Cfr. Matt. VI. 7, 8.

125. La Santità esterna è simile alla Pietà esterna; e consiste precipuamente in questo, che l'uomo, quando è nei tempii, riponga tutto il Culto Divino nella Santità; questo però appo l'uomo non è santo tranne che il suo Interno non sia santo, poichè tale è l'uomo in quanto al suo Interno, tal'egli è in quanto all'Esterno; in fatti questo procede da quello come l'azione procede dalla sua causa; per la qual cosa la Santità esterna senza la Santità interna è naturale e non spirituale; da questo proviene ch'essa si ritrovi egualmente appo i cattivi come appo i buoni; e coloro i quali ripongono in essa tutto il loro culto, son per lo più vuoti; cioè, senza le conoscenze del bene e del vero; e nondimeno i beni ed i veri sono le stesse santità che si devon sapere, credere ed amare, venendo esse da Dio ed il Divino essendo in esse; la Santità interna consiste dunque nell'amare il bene ed il vero per il bene e per il vero, e del pari il giusto ed il sincero per il giusto ed il sincero; tanto l'uomo li ama in questa maniera, tanto egli è spirituale, ed in pari grado il suo culto, poichè altrettanto ancora egli li vuol sapere e fare; ma intanto che l'uomo non li ama in questa maniera, altrettanto egli è naturale, e tale anche il suo culto, e quindi altrettanto egli non vuol nè saperli nè farli. Il culto esterno senza il culto interno può essere assomigliato alla vita della respirazione senza la vita del cuore, e il culto esterno senza il culto interno, alla vita della respirazione congiunta alla vita del cuore.

126. Per quello che concerne poi la Rinunzia al mondo, credesi da molti che rinunziare al mondo e vivere per lo spirito e non per la carne, sia rigettar le cose mondane, le quali sono principalmente le ricchezze e gli onori, e starsene continuamente in pia meditazione su Dio, su la salute e su la vita eterna, passar la vita in preghiere, nella lettura della Parola e di libri di pietà, e d'imporsi ancora delle mortificazioni; ma questo non è rinunziare al mondo: rinunziare al mondo è amar Dio ed amare il prossimo, e si ama Iddio quando si vive secondo i suoi precetti, e si ama il prossimo quando l'uomo fa gli usi; laonde, a fin che l'uomo riceva la vita del Cielo, bisogna assolutamente che viva nel mondo, ed ivi, negl'impieghi e negli affari; la vita distaccata dalle cose del mondo è la vita del pensiero e della fede separata dalla vita dell'amore e della carità, ed in essa perisce rispetto al prossimo il ben volere e il ben fare, e quando questo perisce la vita spirituale è come una casa senza fondamento che a poco a poco o cede sotto il suo peso, o si fende e s'apre per lo mezzo, o barcolla insino a che essa ruini.

127. Che fare il bene sia rendere un culto al Signore, lo provano queste parole del Signore medesimo : « *Chiunque ode le mie parole, e le mette ad effetto, Io lo assomiglierò ad un uomo avveduto, il quale ha edificata la sua casa sopra la roccia; ma chiunque ode le mie parole, e non le mette ad effetto, sarà assomigliato ad un uomo pazzo, il quale ha edificata la sua casa sopra la rena o sopra la terra senza fondamento* » — Matt. VII. 24 a 27. Luc. VI. 47, 48, 49.

128. Dopo queste considerazioni, egli è evidente che la vita della Pietà non ha valore, nè è accetta al Signore, se non in tanto che l'è congiunta la vita della Carità, questa essendo la principale, e qual'è questa tal'è quella ; che la Santità esterna tanto vale e tanto è accetta al Signore per quanto essa procede dalla santità interna, poichè tale è questa tal'è l'altra ; e che la Rinunzia al mondo non ha valore e non è accetta al Signore se non in tanto che si fa nel mondo, perciocchè coloro rinunziano al mondo, i quali rimuovono da loro l'amor di sè e del mondo, e i quali in ogni funzione, in ogni affare ed in ogni opera, agiscono con giustizia e sincerità per l'interiore, in conseguenza per una origine celeste, origine che è nella vita dell'uomo quando egli opera con equità, sincerità e giustizia, perchè ciò è conforme alle leggi Divine.

DELLA COSCIENZA.

130. La Coscienza si forma appo l'uomo per la religiosità in cui egli è, secondo la sua ricezione interiormente in lui.

131. La Coscienza appo l'uomo della Chiesa si forma per i veri della fede desunti dalla Parola, o per una Dottrina dedotta dalla Parola, secondo la ricezione di quei veri nel cuore ; in effetti, quando l'uomo sa i veri della fede e li capisce alla sua maniera, e che in seguito li vuole e li fa, ei si forma in sè una Coscienza ; la ricezione fatta nel cuore è fatta nella volontà, essendo la volontà dell'uomo quella che si chiama il cuore. Da qui proviene che coloro che han la Coscienza, dican di cuore quel che dicono, e quel che fanno, lo faccian di cuore. Costoro hanno altresì una Mente non divisa, poichè essi fanno secondo quel che intendono e credono che sia il vero ed il bene.

132. Appo coloro i quali più degli altri sono illustrati nei veri della fede, e i quali più degli altri sono in una percezione

chiara, può esservi una Coscienza più perfetta, che non appo quelli che sono meno illustrati, e i quali sono in una percezione oscura.

133. La stessa Vita spirituale dell'uomo è nella vera Coscienza, stantechè ivi la sua fede è congiunta alla carità; laonde per coloro *(chè han la vera Coscienza)* agir per Coscienza, è agire secondo la loro vita spirituale, ed agir contro Coscienza, è agir contro la loro vita spirituale. Da ciò proviene ch'essi sono nella tranquillità della pace e nella beatitudine interna, quando agiscono secondo la Coscienza, e nel perturbamento e nel dolore, quando agiscono contro di essa: questo dolore è quel che si denomina rimorso di Coscienza.

134. Havvi nell'uomo la Coscienza del bene e la Coscienza del giusto; la Coscienza del bene è la Coscienza dell'uomo interno, e la Coscienza del giusto è la Coscienza dell'uomo esterno; la Coscienza del bene consiste nell'agire secondo i precetti della fede per interna affezione; la Coscienza del giusto consiste nell'agire secondo le leggi civili e morali per affezione esterna. Coloro i quali hanno la Coscienza del bene, hanno del pari la Coscienza del giusto; ma quelli che hanno unicamente la Coscienza del giusto sono nella facoltà di ricevere la Coscienza del bene, ed altresì la ricevono lorquando sono istruiti.

135. La Coscienza appo coloro che sono nella Carità rispetto al prossimo è la Coscienza del vero, essendo essa formata per la fede del vero; appo coloro poi i quali sono nell'Amor verso il Signore v'è la Coscienza del bene, perchè essa è formata per l'Amore del vero; la loro Coscienza è una Coscienza superiore e si chiama la Percezione del vero per il bene. Quelli che hanno la Coscienza del vero sono del Regno spirituale del Signore; ma quelli i quali hanno la coscienza superiore, chiamata Percezione, sono del Regno celeste del Signore.

136. Ma alcuni esempi metteranno in chiaro ciò che è la Coscienza: Uno ritiene presso di sè i beni di un altro, senza che quest'altro lo sappia; egli quindi ne può trar profitto senza temer la legge, nè la perdita dell'onore e della riputazione; se non pertanto ei li rende all'altro, perchè non gli appartengono, egli ha la Coscienza, poichè fa il bene per cagion del bene e il giusto per cagion del giusto. Un esempio ancora; Taluno può pervenire ad una carica, ma egli vede che un'altro che l'ambisce pure, è utile alla Patria più di lui; s'egli gli cede il posto per il ben della Patria, egli ha una buona Coscienza: così del pari per gli altri casi.

137. Dopo questi esempi si può conchiudere quali essi siano coloro che non hanno la Coscienza; si conoscono per l'opposto : Coloro i quali per cagion del lucro fanno di tutto acciocchè l'ingiusto apparisca come giusto, e che il male apparisca come bene, e viceversa, non han Coscienza; nè sanno che cosa sia la Coscienza; e se loro s'insegna ciò ch'essa è, non credono, e alcuni nemmen voglion saperlo. Tali son coloro che fanno ogni cosa per loro stessi e per il mondo.

138. Coloro i quali non ricevettero la Coscienza nel Mondo non posson ricever la Coscienza nell'altra vita; quindi non possono salvarsi; e ciò perchè eglino non hanno il piano in cui influisce e per cui opera il Cielo, cioè il Signore per il Cielo, e per cui il Signore li condurrebbe a Lui; poichè la Coscienza è il piano e il ricettacolo dell'influsso del Cielo.

DEL LIBERO.

141. Ogni Libero si riferisce all'Amore, imperocchè quel che l'uomo ama, quello egli fa liberamente; quindi ancora, ogni Libero spetta alla Volontà, poichè quel che l'uomo ama, quello parimente egli vuole; e poichè l'Amore e la Volontà fanno la vita dell'uomo, eziandio il Libero la fa. Quindi si può vedere chiaramente quel che sia il Libero, cioè, esser quello che si riferisce all'Amore ed alla Volontà, e per conseguenza alla vita dell'uomo; onde ne segue che ciò che l'uomo fa secondo il Libero gli sembri come fatto per il·suo proprio.

142. Fare il male in forza del Libero, sembra che sia come il Libero, ma ciò è il servile, perciocchè questo Libero trae origine dall'amor di sè e dall'amor del mondo, e questi amori procedono dall'inferno; un tal Libero mutasi, anche attualmente, in servile dopo la morte; dappoichè l'uomo, il cui Libero fu tale, diventa allora nell'inferno un vile schiavo: Ma fare in virtù del Libero il bene, gli è lo stesso Libero, perchè questo proviene dall'amore verso il Signore e dall'amore rispetto al Prossimo, e questi amori provengono dal Cielo; questo Libero permane ancora dopo la morte, e diviene allora veramente il Libero, giacchè l'uomo il cui Libero fu tale diviene in Cielo come un figliuol della casa: il Signore l'insegna così : « *Chiunque fa il peccato è servo del peccato ; il servo non dimora in perpetuo nella casa ; il figliuolo vi dimora in perpetuo ; se il figliuolo*

vi fa liberi, voi sarete veramente liberi » — Giov. VIII. 34, 35, 36. — Ora poichè ogni bene deriva dal Signore, ed ogni male dall'inferno, ne segue che il Libero consiste nell'esser condotto dal Signore, ed il servile nell'esser condotto dall'inferno.

143. Che l'uomo abbia il Libero di pensare il male ed il falso ed anche di farli, per quanto non n'è impedito dalle leggi, questo si è, affin ch'ei possa esser riformato, essendochè i beni ed i veri devono essere inseriti nel suo amore e nella sua volontà, acciocchè divengano cose di sua vita, e ciò non può esser fatto s'egli non ha il Libero di pensare, così il male e il falso, come il bene ed il vero; questo Libero vien dato dal Signore ad ognuno, e quando l'uomo pensa il bene ed il vero, allora tanto egli non ama il male ed il falso, altrettanto il Signore innesta il bene ed il vero nel suo amore e nella sua volontà, per conseguente nella sua vita, e così lo riforma. Quel ch'è seminato nel Libero, quello altresì permane, ma quel ch'è seminato nel coatto, quello non permane, perciocchè il coatto non proviene dalla volontà dell'uomo, ma dalla volontà di colui che costringe. Gli è ancora perciò che il culto che parte dal Libero sia grato al Signore, non però il culto che proviene dal coatto, essendochè il culto proveniente dal Libero sia un culto che proviene dall'amore; ma tale non è il culto che trae origine dal coatto.

144. Il Libero di fare il bene, ed il Libero di fare il male comunque simili all'apparenza esterna, son tuttavia così differenti e così distanti l'un dall'altro, come il Cielo e l'Inferno; il Libero di fare il bene viene puranco dal Cielo, e chiamasi Libero celeste, ma il Libero di fare il male viene dall'Inferno, e si chiama Libero infernale. Or per quanto l'uomo è nell'uno, altrettanto non è nell'altro, dappoichè niuno può servire due padroni, — Matt. VI. 24 — lo che è pur evidente da questo, che coloro che sono nel Libero infernale credono che il servile ed il coatto sia di non aver la licenza di volere il male e di pensare il falso a lor beneplacito, mentrechè coloro i quali sono nel Libero celeste, abborrono dal volere il male e dal pensare il falso, e se vi fossero costretti, sarebbero ne' tormenti.

145. Poichè sembra all'uomo che agir secondo il Libero sia agir secondo il suo Proprio, ne segue che il Libero celeste può esser chiamato eziandio il Proprio celeste, ed il Libero infernale può esser chiamato il Proprio infernale: gli è nel Proprio infernale che nasce l'uomo, e questo Proprio è il male, ma si è nel Proprio celeste che l'uomo si riforma, e questo Proprio è il bene.

146. Dal fin qui detto si può chiaramente vedere quel che sia il *Libero Arbitrio*; cioè, è la facoltà di fare il bene secondo il suo arbitrio o la sua volontà, e quelli sono in questo Libero i quali son condotti dal Signore; ed il Signore conduce coloro che amano il bene ed il vero per il bene e per il vero.

147. L'uomo può conoscere qual Libero egli abbia dal piacere che prova quando pensa, parla, agisce, ode e vede, perciocchè ogni piacere si riferisce all'amore.

DEL MERITO.

150. Coloro che fanno il bene per meritare, fanno il bene non per amor del bene, ma per amor della ricompensa, dappoichè chi vuol meritare vuol esser ricompensato; coloro che agiscono così considerano e ripongono il piacere nella ricompensa, e non già nel bene; onde non sono spirituali, ma naturali.

151. Fare il bene, che sia il bene, deve aver luogo in forza dell'amor del bene, in conseguenza per il bene; quelli che sono in quest'amore, non vogliono udir parlare del merito, imperciocchè essi amano fare del bene, e in ciò percepiscono la felicità; e viceversa son contristati ove credasi ch'eglino agiscano per qualche proprio vantaggio. Egli è di ciò presso a poco come di chi benefica gli amici a motivo dell'amicizia, un fratello, a motivo della fraternità, la sua sposa e i suoi figliuoli, perchè sono sposa e figliuoli, la patria perchè è la patria, così per amicizia e per amore; coloro che pensan bene dicono e persuadono che eglino fanno il bene non già per loro stessi, ma per gli altri.

152. Coloro i quali fanno il bene per amor della mercede non fanno il bene secondo il Signore, ma secondo sè stessi, perciocchè essi considerano sè stessi in primo luogo, non curando che il proprio bene, e non riguardano il bene del prossimo, che è il bene del concittadino, d'una Società umana, della patria e della Chiesa, se non come un mezzo per il loro fine; onde avviene che nel ben del Merito si nasconde il ben dell'amor di sè e del mondo, e questo bene procede dall'uomo e non dal Signore; ed ogni bene che procede dall'uomo non è il bene, ed anche, in tanto che in esso si nasconde del sè medesimo e del mondo, è il male.

153. La genuina carità e la genuina fede sono esenti d'ogni merito, giacchè il piacere della carità è lo stesso bene, ed il piacere

della fede è lo stesso vero ; laonde coloro che sono in questa carità ed in questa fede sanno che cosa è il bene non meritorio, ma quelli che non sono nella carità e nella fede l'ignorano.

154. Che non debba farsi il bene per cagion della ricompensa, il Signore medesimo l'insegna in Luc. « *Se amate coloro che vi amano, che grazia ne avrete ? conciossiachè i peccatori fanno il simigliante : amate piuttosto i vostri nemici, e fate il bene, e prestate, non isperando nulla, allora il vostro premio sarà grande, e sarete i figliuoli dell'Altissimo* » VI. 32, 33, 34, 35, Che l'uomo non possa da sè stesso fare il bene che sia realmente il bene, l'insegna ancora il Signore in Giovanni : « *L'uomo non può attribuirsi nulla, se non gli è dato dal Cielo* » III. 27 ; ed altrove : « *Gesù disse : Io son la vite, voi siete i tralci. Siccome il tralcio non può portar frutto da sè stesso, se non dimora nella vite, così nè anche voi, se non dimorate in Me. Chi dimora in Me ed Io in lui, esso porta molto frutto ; conciosiachè fuor di Me non possiate far nulla.* » — XV. 4 a 8.

155. Poichè ogni bene ed ogni vero deriva dal Signore, e nulla di vero nè di bene proviene dall'uomo, e poichè il bene che proviene dall'uomo non è il bene, ne segue che il Merito non spetta ad alcun uomo, bensì al Signore solo. Il Merito del Signore consiste in questo, che per la sua propria potenza Egli ha salvato il Genere Umano, ed altresì in questo, ch'Egli salva coloro che fanno, secondo Lui, il bene. Da ciò proviene che nella Parola sia chiamato Giusto colui cui sono attribuiti il merito e la giustizia del Signore, ed Ingiusto quegli che s'attribuisce la sua propria giustizia ed il suo proprio merito.

165. Lo stesso piacere ch'è inerente all'amore di fare il bene senza fin di mercede, è la ricompensa che dura in eterno, essendo il Cielo e la felicità eterna insinuate dal Signore in questo bene.

157. Pensare e credere che quelli che fanno il bene vadano in Cielo, ed ancora che debba farsi il bene per andare in Cielo, non è riguardar la ricompensa come fine, nè per conseguenza riporre il merito nelle opere, imperocchè questo parimente pensano e credono quelli che fanno il bene secondo il Signore ; ma coloro che pensano, credono e fanno il simigliante, e non sono nell'amore del bene per il bene, riguardano la ricompensa come fine, e ripongono il merito nelle opere.

DELLA PENITENZA E DELLA REMISSIONE DEI PECCATI.

159. Chi vuol essere salvato deve confessare i suoi peccati, e farne penitenza.

160. *Confessare i peccati* si è, conoscere i mali, vederli appo sè, riconoscerli, dichiararsene colpevole, e per cagion di essi condannarsi; quando ciò si fa davanti a Dio, gli è confessare i peccati.

161. *Far penitenza* si è, dopo d' aver confessato i peccati in questa maniera, ed averne con umiltà di cuore dimandata la remissione, rinunziarvi, e menare una novella vita conforme ai precetti della carità e della fede.

162. Chi solamente in una maniera generale riconosce ch'egli sia peccatore e si dichiara colpevole di tutti i mali senza esaminarsi, cioè, senza vedere i suoi peccati, fa una confessione, ma non la confessione della penitenza; costui, non conoscendo i suoi mali, vive in seguito come ha vissuto prima.

163. Chi vive la vita della carità e della fede, fa penitenza ogni giorno; ei riflette sopra i mali che sono appo sè, li riconosce, si guarda da essi, supplica il Signore di dargli soccorso: in fatti l' uomo da sè cade continuamente, ma egli è continuamente rialzato dal Signore e condotto al bene; tale è lo stato di coloro che sono nel bene: quelli poi che sono nel male, cadono continuamente, e vengono del pari continuamente rialzati dal Signore, però eglino non vengono che contenuti, acciocchè non cadano in mali gravissimi, verso i quali tendono da sè stessi con tutti i loro sforzi.

164. L' uomo che si esamina per far penitenza, deve esaminare i suoi pensieri e le intenzioni della sua volontà, e quivi ricercare quel che farebbe s' ei n' avesse licenza, cioè, s' ei non temesse la legge e la perdita della riputazione, dell' onore e del guadagno; là sono i mali dell' uomo; i mali che l' uomo fa mediante il corpo scaturiscono tutti di là: coloro i quali non esaminano i mali del pensiero e della volontà loro, non possono far penitenza, dappoichè essi pensano e vogliono in seguito come per l' innanzi; e pur tuttavia volere i mali si è farli. Questo si è esaminarsi.

165. La penitenza di bocca senza quella della vita non è la penitenza; per la penitenza di bocca i peccati non sono rimessi,

ma lo sono per la penitenza della vita. Il Signore rimette continuamente i peccati all' uomo, perciocchè il Signore è la stessa Misericordia, ma i peccati sono aderenti all' uomo, benchè egli creda che siano stati rimessi; ma essi non sono rimossi se non che per una vita conforme ai precetti della vera fede; tanto vive secondo quei precetti, altrettanto i peccati son rimossi, e per quanto essi son rimossi, in pari grado vengono rimessi.

166. Si crede che i peccati, quando sono rimessi, sienó cancellati e lavati come le lordure dall' acqua; eppure essi non sono cancellati in verità, ma rimossi, vale a dire, che l'uomo è rivolto da quelli quando è conservato nel bene dal Signore, e mentre è conservato nel bene, sembra come esente da peccati, e quindi come se fossero stati cancellati; e l' uomo tanto può esser tenuto nel bene per quanto è riformato. Nel seguente Dottrinale su la rigenerazione si dirà come l'uomo sia riformato. Chi crede che i peccati siano rimessi in altro modo, è in un grand' errore.

167. I segni che i peccati sono stati rimessi, cioè allontanati, sono i seguenti: Si prende diletto nell' adorare Iddio per amor di Dio, e nel servire il prossimo per amor del prossimo, quindi nel fare il bene per il bene, e nel profferire il vero per il vero; non voglionsi aver meriti per veruna cosa della carità e della fede: fuggonsi e si abborrono i mali, come l' inimicizie, gli odi, le vendette, gli adulteri, e i pensieri stessi con l' intenzione concernente siffatti mali. I segni poi che i peccati non sono stati rimessi, cioè, allontanati, son quelli che seguono: Si adora Dio non per amor di Dio, e si serve il prossimo non per amor del prossimo, quindi si fa il bene e si profferisce il vero, non per il bene e per il vero, ma per amor di sè e del mondo; voglionsi aver meriti per le opere che si fanno; si prende diletto nei mali, a cagion d'esempio, nell' inimicizia, nell' odio, nella vendetta, negli adulteri, e per questi mali si volge sopra di essi con ogni licenza il proprio pensiero.

168. La penitenza che fassi in uno stato libero è efficace, ma quella che si fa in uno stato coatto non lo è: gli stati coatti sono: — lo stato di malattia, lo stato d' abbattimento in seguito a qualche infortunio, lo stato di morte imminente, nonchè ogni stato di timore che toglie l'uso della ragione. Chi, essendo malvagio e nello stato coatto, promette di far penitenza, ed anche fa il bene, colui, quando viene in istato libero, ritorna nella precedente vita del male: diversamente avviene dell' uomo buono.

169. Dopo che l' uomo s'è esaminato, ha riconosciuto i suoi peccati ed ha fatto penitenza, egli deve dimorar costantemente

nel bene, sino alla fin della vita; imperocchè se ricade poi nella sua precedente vita del male e la riabbraccia , allora profana, dacchè allora egli congiunge il male al bene, quindi il suo ultimo stato è peggior del primo, secondo le parole del Signore: « *Quando lo spirito immondo è uscito d'un uomo, egli va attorno per luoghi aridi cercando riposo; ma non lo trova; allora dice: Io me ne ritornerò a casa mia, onde sono uscito: e se, quando ci viene, la trova vuota, spazzata e adorna per lui, allora va e prende seco sette altri spiriti, peggiori di lui, ed entrati, abitano quivi. e l'ultima (condizione) di quell' uomo diventa peggiore della prima.* » — Matt. XII. 43, 44, 45. — Che cosa sia la profanazione si vedrà ne' susseguenti articoli.

DELLA RIGENERAZIONE.

173. Chi non riceve la vita spirituale, cioè chi dal Signore non è generato di nuovo, non può venire nel Cielo; il Signore l'insegna in Giovanni: « *In verità, in verità, Io ti dico: se alcuno non è generato di nuovo, non può vedere il Regno di Dio* » — III. 3.

174. L' uomo dai suoi genitori non nasce nella vita spirituale, ma nella vita naturale: la vita spirituale è d'amar Dio sopra ogni cosa ed amare il prossimo come sè stesso; e ciò secondo i precetti della fede che il Signore ha insegnati nella Parola: ma la vita naturale è d' amarsi ed amare il mondo più del prossimo, ed anche più di Dio.

175. Ognuno da' suoi genitori nasce nei mali dell' amore di sè e del mondo: ogni male, che per l'abitudine ha contratto quasi una natura, deriva nella prole; in questo modo successivamente dal padre e dalla madre, dagli Avi e dagli Antenati, risalendo per una lunga serie; quindi tanto diviene in fine la derivazione del male, che il tutto della propria vita dell' uomo non è altro che male. Questo continuo derivato non è interrotto e mutato se non che per la vita della fede e della carità procedente dal Signore.

176. Quel che l'uomo trae dall' ereditario, verso questo ereditario continuamente inclina e vi cade: onde l'uomo conferma quel male appo sè, e vi sovraggiunge ancora da sè più altri mali. Questi mali sono assolutamente contrari alla vita spirituale; essi la distruggono; se dunque l'uomo non riceve dal Signore

una novella vita, ch'è la vita spirituale, per conseguente, s'ei non è concepito di nuovo, se non nasce di nuovo, se non è nuovamente allevato; cioè, se non è creato di nuovo, egli è dannato; dappoichè ei null'altro vuole e quindi null'altro pensa, all'infuori di ciò che si riferisce a sè ed al mondo, nella stessa guisa come si fa nell'inferno.

177. Niuno può esser rigenerato se non sa quelle cose che appartengono alla nuova vita, cioè le cose attinenti alla vita spirituale: le cose che appartengono alla novella vita, o alla vita spirituale, sono i veri da credere ed i beni da fare; i primi spettano alla fede, i secondi alla carità. Niuno può saperli da sè stesso, dappoichè l'uomo non percepisce se non quel ch'è venuto incontro ai sensi, mediante i quali s'acquista il lume che si denomina lume naturale; per cui altro non vede che le cose che spettano al mondo e quelle che appartengono a sè, non però quelle che appartengono al Cielo, nè quelle che si riferiscono a Dio; queste s'imparano per la Rivelazione. Così, l'uomo per essa impara, che il Signore, ch'è Dio ab eterno, è venuto nel mondo per salvare il Genere umano; che a Lui s'appartiene ogni potestà in Cielo e in terra; che tuttociò che si riferisce alla fede, e tuttociò che si riferisce alla carità, epperò ogni vero ed ogni bene, procede da Lui; che v'è il Cielo e che v'è l'Inferno; che l'uomo deve vivere eternamente, nel Cielo, se ha bene oprato, se male, nell'Inferno.

178. Questi, e più altri ancora, sono i veri della fede, che l'uomo che debb'esser rigenerato deve sapere; imperocchè chi li sa, può pensarli, poi volerli, indi farli; e così aver novella vita. A cagion d'esempio, chi non sa che il Signore è il Salvatore del genere umano, non può aver fede in Lui, nè amarlo nè per conseguente fare il bene per amor di Lui: chi non sa che da Lui deriva ogni bene, non può pensare che la sua salute venga da Lui, ancor meno volere che ciò sia così, per conseguente, egli non può vivere per Lui: chi non sa che c'è l'Inferno, ch'esiste il Cielo, che c'è la vita eterna, quegli neppur può pensare alla vita del Cielo, nè applicarsi a riceverla: Così del resto.

179. In ciascheduno havvi un uomo Interno e un uomo Esterno; l'Interno è quello che si chiama uomo spirituale, e l'Esterno quello che chiamasi uomo naturale: l'uno e l'altro dev'esser rigenerato, affin che l'uomo sia rigenerato. Appo l'uomo che non è rigenerato l'uomo Esterno o naturale comanda, e l'uomo Interno o spirituale serve; ma appo l'uomo ch'è rigenerato, l'uomo Interno o spirituale è quello che comanda, e l'uomo

Esterno o naturale serve ; onde egli è evidente che appo l'uomo, sin dalla nascita, l'ordine della vita sia al rovescio ; vale a dire, che quello che deve comandare, serve, e quello che deve servire, comanda ; cotest'ordine debb'essere invertito acciocchè l'uomo possa esser salvato ; e quest'invertimento non può giammai esistere fuori della rigenerazione operata dal Signore.

180. Che cosa s'intenda per quello che l'uomo Interno comanda, e l'uomo Esterno serve, e vice versa, vuolsi illustrare così : Se l'uomo ripone ogni bene in ciò che gli è dilettevole, nel lucro e nel fasto, e se trova piacere nell'odio e nella vendetta, e se interiormente investighi in sè medesimo le ragioni che ve lo confermino, allora l'uomo Esterno comanda, e l'uomo Interno serve. Ma quando l'uomo percepisce il bene, e prende diletto pensando e volendo con benignità, sincerità e giustizia, ed esteriormente parlando e facendo il simigliante, allora l'uomo Interno comanda, e l'uomo Esterno serve.

181. L'uomo Interno vien rigenerato primieramente dal Signore, ed in seguito l'uomo Esterno, e questi vien rigenerato per mezzo di quello : Infatti l'uomo Interno è rigenerato per pensar quelle cose che spettano alla fede e alla carità ; l'uomo Esterno poi è rigenerato per la vita conforme alle cose medesime. S'intende ciò per le parole del Signore : « *Se alcuno non è generato d'acqua e di spirito, non può entrar nel Regno di Dio* » Gio. III. 5° — L'acqua, nel senso spirituale, è il vero della fede, e lo spirito è la vita secondo questo vero.

182. L'uomo rigenerato, è, in quanto al suo Interno, nel Cielo, ed ivi egli è angelo con gli angeli, fra i quali viene anche dopo la morte ; allora ei può vivere la vita del Cielo, amare il Signore, amare il prossimo, comprendere il vero, assaporare il bene, e gustarne appieno la beatitudine che ne deriva.

DELLA TENTAZIONE.

187. Non v'ha se non coloro che sono rigenerati che subiscano delle Tentazioni spirituali ; conciossiacchè le Tentazioni spirituali son dolori della mente introdotti da spiriti perversi appo coloro che sono nel bene e nel vero ; allor che que'spiriti eccitano i mali che trovansi appo i rigenerati, nasce un'ansietà, la quale appartiene alla Tentazione : l'uomo ignora donde essa provenga, non conoscendo quest'origine.

188. In effetti, appo ognuno ci sono spiriti cattivi e spiriti buoni; i cattivi spiriti sono ne'suoi mali, ed i buoni spiriti ne' suoi beni: i cattivi spiriti quando s'avvicinano educono i propri mali, e i buoni spiriti, all'opposto, educono i propri beni; da qui una collisione ed un conflitto, da cui risulta per l'uomo un'ansietà interiore, ch'è la Tentazione. Pertanto gli è evidente, che le Tentazioni sono prodotte dall'Inferno, e non dal Cielo; il che è pure conforme alla fede della Chiesa, la qual' è che Dio non tenta alcuno.

189. Vi sono ancora delle ansietà interiori appo coloro che non sono nel bene e nel vero, ma esse sono ansietà naturali, e non già spirituali: esse si distinguono da ciò che le ansietà naturali han per oggetto le cose mondane, e le ansietà spirituali, le celesti.

190. Nelle Tentazioni trattasi della dominazione del bene sul male, o del male sul bene; il male che vuol dominare è nell'uomo naturale o esterno, ed il bene, nell'uomo spirituale o interno; se vince il male, allora l'uomo naturale domina, se vince il bene, domina allora l'uomo spirituale.

191. Queste lotte si fanno per i veri della fede desunti dalla Parola; con essi l'uomo deve combattere contro i mali e i falsi; e s'ei combatte con altri anzichè con essi, ei non riporta vittoria, perciocchè negli altri non c'è il Signore. Siccome il combattimento si fa con i veri della fede, perciò l'uomo non v'è ammesso, prima d'essere nella conoscenza del vero e del bene, e quindi non prima d'aversi acquistata qualche vita spirituale; ecco perchè queste lotte non esistono appo l'uomo avanti ch'ei sia adulto in età.

192. Se l'uomo soccombe, il suo stato dopo la Tentazione divien peggiore del suo stato antecedente ad essa; in fatti, allora il male s'è acquistata possanza sul bene, ed il falso sul vero.

193. Siccome oggi la fede è rara, a motivo che non c'è carità, essendo la Chiesa alla sua fine, perciò oggidì son pochi coloro che sono ammessi ad alcune Tentazioni spirituali: da questo proviene che si sappia appena quel che esse siano, ed a che esse conducano.

194. Le Tentazioni conducono a dare al bene l'impero sul male, ed al vero l'impero sul falso, come pure a confirmare i veri, ed a congiungerli ai beni, e nel tempo stesso a dissipare i mali e quindi i falsi; conducono anche ad aprir l'uomo interno spirituale e ad assoggettargli l'uomo naturale; per di più ancora, a reprimere gli amori di sè e del mondo, ed a mortificare

le concupiscenze che da quelli derivano. Ciò fatto, vi ha per l'uomo illustrazione e percezione di quel che sia il vero ed il bene, e di quel che sia il falso ed il male; quindi c'è appo l'uomo intelligenza e saggezza, le quali poi van crescendo di giorno in giorno.

195. Il Signore solo combatte per l'uomo nelle Tentazioni; se l'uomo non crede che il Signore solo combatte per lui e vince per lui, allora egli non subisce che una Tentazione esterna che a nulla gli giova.

DEL BATTESIMO.

202. Il Battesimo è stato instituito per segno che l'uomo è della Chiesa, e per memoriale ch'ei debb'esser rigenerato: in fatti, il Lavacro del Battesimo non è altro che il Lavacro spirituale ch'è la Rigenerazione.

203. Ogni Rigenerazione si fa dal Signore mediante i veri della fede, e mediante una vita conforme a questi veri; il Battesimo pertanto attesta che l'uomo è della Chiesa, e ch'ei può esser rigenerato; essendochè nella Chiesa si conosce il Signore che rigenera, ed in lei è la Parola in cui sono i veri della fede pei quali ha luogo la Rigenerazione.

204. Il Signore insegna ciò in Giovanni: « *Se alcuno non è generato d'acqua e di spirito non può entrar nel Regno di Dio* » III. 5; — l'acqua nel senso spirituale è il vero della fede secondo la Parola; lo spirito è la vita conforme a questo vero; ed esser generato d'acqua e di spirito vuol dire esserne rigenerato.

205. Siccome chiunque è rigenerato subisce eziandio delle tentazioni, le quali sono lotte spirituali contro i mali e i falsi, perciò le tentazioni sono altresì significate per le acque del Battesimo.

206. Essendo il Battesimo un segno e un memoriale di dette cose, perciò l'uomo può esser battezzato fanciullo; se non lo fu allora, lo può essendo adulto.

207. Che coloro che sono stati battezzati sappiano adunque che il Battesimo esso stesso non dà nè la fede nè la salute, ma che bensì attesta ch'eglino ricevono la fede e che si salvano, se saranno rigenerati.

208. Quindi si può vedere chiaramente ciò che s'intende per

le parole del Signore in Marco: « *Chi avrà creduto e sarà stato battezzato, sarà salvato; ma chi non avrà creduto, sarà condannato* » XVI. 16. — Chi avrà creduto, è chi riconosce il Signore e riceve da Lui i divini veri per la Parola; chi sarà stato battezzato, è colui che, mediante quei veri, è rigenerato dal Signore.

DELLA SANTA CENA.

210. La Santa Cena è stata instituita dal Signore onde per lei vi sia congiunzione della Chiesa col Cielo, quindi col Signore: dessa è dunque la cosa santissima del culto.

211. Ma coloro che non sanno alcun che del senso interno o spirituale, non capiscono in che modo per la Santa Cena facciasi la congiunzione, giacchè eglino non pensano al di là del senso esterno ch'è il senso letterale. Dal senso interno o spirituale della Parola, si sa quel che significano il Corpo ed anche il Sangue, e quel che significano il Pane ed il Vino, ed anche quel che significa la Manducazione.

212. In quel senso, il Corpo o la Carne del Signore è il Bene dell'amore, parimente il Pane; ed il Sangue del Signore è il Bene della fede, similmente il Vino; e la Manducazione è l'appropriazione e la congiunzione. Gli Angeli che sono appo l'uomo partecipante al Sacramento della Cena, non l'intendono altrimenti, percependo essi ogni cosa spiritualmente; quindi ne viene che il santo dell'amore ed il santo della fede influiscono allora dagli Angeli appo l'uomo, epperò dal Signore per il Cielo: da qui la Congiunzione.

213. Da ciò è manifesto che l'uomo quando prende il Pane, ch'è il Corpo, si congiunge col Signore per il bene dell'amore verso di Lui, procedente da Lui, e quando prende il Vino che è il Sangue, si congiunge col Signore per il bene della fede in Lui, derivante da Lui. Ma fa' d'uopo che sappiasi, che la congiunzione col Signore, mediante il Sacramento della Cena, si effettua solamente appo coloro i quali son nel bene dell'amore e della fede verso il Signore, secondo il Signore: appo costoro per la Santa Cena v'ha congiunzione, appo gli altri v'ha presenza, e non congiunzione.

214. Inoltre la Santa Cena racchiude e comprende tutto il Culto Divino instituito nella Chiesa Israelita; imperocchè gli

olocausti e i sacrificii, in cui principalmente consisteva il Culto di quella Chiesa, erano detti con una sola parola, il Pane, pertanto ancora la Santa Cena n'è il compimento.

DELLA RISURREZIONE.

223. L'uomo di tal sorta è stato creato che, in quanto al suo Interno, non può morire; in fatti, egli può credere in Dio, ed altresì amar Dio, e per conseguente esser congiunto con Dio per la fede e per l'amore; ed esser congiunto con Dio è vivere in eterno.

224. Quest'Interno è appo ogni uomo che nasce; il suo Esterno è quello per cui pone ad effetto quelle cose che spettano alla fede ed all'amore. L'Interno è quel che si chiama Spirito, l'Esterno quel che chiamasi Corpo. L'Esterno che chiamasi Corpo, è accomodato agli usi nel Mondo naturale; questo si rigetta allorchè l'uomo muore: ma l'Interno che chiamasi Spirito è accomodato agli usi nel Mondo spirituale, questi non muore. Allora quest'Interno è uno Spirito buono ed un Angelo, se l'uomo fu buono nel Mondo, ma uno Spirito malvagio, se l'uomo fu malvagio nel Mondo.

225. Lo Spirito dell'uomo, dopo la morte del corpo, apparisce nel Mondo spirituale in una forma umana, assolutamente come nel mondo; ei gode del pari della facoltà di vedere, d'udire, di parlare e di sentire come nel Mondo; e possiede in un grado eminente ogni facoltà di pensare, di volere, e di fare come nel Mondo; in una parola, è un uomo rispetto ad ogni e singola cosa, tranne ch'egli non è inviluppato da quel corpo grossolano ch'avea nel Mondo, chè l'abbandonò morendo, nè più lo riprende.

226. Questa continuazione di vita gli è quel che s'intende per la Risurrezione. Che gli uomini credano ch'eglino non risusciteranno pria dell'Ultimo Giudizio, allorchè ogni cosa visibile nel Mondo dovrà ancora perire, gli è perchè non han compresa la Parola; e perchè gli uomini sensuali pongono la vita nel corpo, e credono che se questo corpo non avesse a rivivere, la sarebbe finita per l'uomo.

227. La vita dell'uomo dopo la morte è la vita del suo amore e della sua fede; per conseguente la sua vita durerà in eterno tal qual fu il suo amore e tal qual fu la sua fede mentre visse nel mondo: la vita dell'inferno tocca a coloro i quali sè mede-

simi ed il mondo sovrogni cosa amarono, e la vita del Cielo a coloro che amarono Dio sopra ogni cosa ed il prossimo come sè stessi; son questi coloro che han la fede, ma i primi son quelli che non han la fede. La Vita del Cielo è quella che chiamasi Vita eterna; e la Vita dell'inferno è quella che si chiamaa Morte spirituale.

228. Che l'uomo viva dopo la morte, gli è quel che insegna la Parola; come per esempio che Iddio non. è l'Iddio dei morti, ma dei viventi. — Matt. XXII. 31, 32; — che Lazzaro dopo la morte fu portato in Cielo, ed il ricco gettato nell'Inferno — Luc. XVI. 22, 23, e seg. — Che Abrahamo, Isacco e Giacobbe siano in Cielo, — Matt. VIII. 11. — XXII. 31, 32. — Luc. XX. 37, 38; — Che Gesù disse al Ladrone: « Oggi tu sarai meco in Paradiso. » Luc. XXIII. 43.

DEL CIELO E DELL'INFERNO.

230. Due sono le cose che fan la vita dello spirito dell'uomo, l'Amore e la Fede; l'Amore fa la vita della sua Volontà, e la Fede la vita del suo Intelletto. L'Amore del bene e quindi la Fede del vero fan la vita del Cielo; l'Amore del male e quindi la Fede del falso fan la vita dell'Inferno.

231. L'Amore per il Signore e l'Amore verso il prossimo fanno il Cielo, la Fede anch'essa lo fa, ma però in tanto che la Fede ha vita da quelli Amori; e poichè ambedue quelli Amori e la fede quindi derivano dal Signore, gli è per conseguenza evidente che il Signore fa il Cielo.

232. Il Cielo e appo ciascuno secondo la ricezione dell'Amore e della fede procedente dal Signore; e quelli che ricevono il Cielo dal Signore mentre vivono nel Mondo, vengono in Cielo dopo la morte.

233. Coloro che ricevono il Cielo dal Signore son quelli che hanno il Cielo in loro, conciossiachè il Cielo è nell'uomo; il che gli è pure quel che insegna il Signore: « *Non si dirà, il Regno di Dio: eccolo qui! eccolo là! perciocchè ecco, il Regno di Dio è dentro di voi.* » — Luc. XVII. 21.

234. Il Cielo appo l'uomo è nel suo Interno, e però nel volere e nel pensare secondo l'amore e la fede, e poscia nell'Esterno ch'è fare e parlare secondo l'amore e la fede; ma esso non è nell'Esterno senza l'Interno, poichè tutti gl'ipocriti possono ben operare e ben parlare, ma non già ben volere e ben pensare.

235. Allorchè l'uomo viene nell'altra vita, il che succede subito dopo la morte, si manifesta chiaramente se in lui v'è il Cielo, non è però così mentr'egli vive nel mondo, imperocchè nel mondo apparisce l'Esterno e non l'Interno; ma nell'altra vita si manifesta l'Interno, poichè allora l'uomo vive in quanto spirito.

236. La felicità eterna, che chiamasi parimente gaudio celeste, è di coloro che sono nell'amore e nella fede verso il Signore, procedente dal Signore; quell'amore e quella fede hanno in sè tal gaudio; a questo gaudio perviene dopo la morte l'uomo che in sè ha il Cielo; frattanto, esso rimane nascosto nel suo Interno. Nei Cieli v'ha comunione di tutti i beni; la pace, l'intelligenza, la sapienza, e la felicità di tutti quivi son comunicate a ciascuno, però a ciascuno secondo la ricezione dell'amore e della fede procedenti dal Signore: pertanto è manifesto quanta sia la pace, l'intelligenza, la sapienza e la felicità ch'è nel Cielo.

237. A quel modo che l'amore verso il Signore e l'amore rispetto al prossimo fan la vita del Cielo appo l'uomo, così egualmente allo stesso modo l'amor di sè e l'amor del mondo, quando signoreggiano, fan la vita dell'Inferno appo lui, perciocchè questi amori son opposti a' precedenti; per la qual cosa coloro appo cui signoreggiano gli amori di sè e del mondo, niente ponno ricevere dal Cielo, ma quel che ricevono proviene dall'Inferno: in fatti, che che l'uomo ami, che che egli creda, viene o dal Cielo o dall'Inferno.

238. Coloro appo cui signoreggiano l'amor di sè e l'amor del mondo, non sanno quel che sia il Cielo e quel che sia la felicità del Cielo; e loro sembra incredibile che dar si possa la felicità in altri amori fuori di quelli; quando tuttavia la felicità del Cielo non entra che in proporzione che vengon rimossi quelli amori come fini; la felicità che ad essi succede, dopo che sono stati rimossi, è così grande ch'essa eccede ogni concetto dell'uomo.

139. La vita dell'uomo non può esser mutata dopo la morte; allora essa riman tale qual fu, essendo tutto quanto lo Spirito dell'uomo tal qual è il suo amore, e l'amore infernale non può esser trasformato in un amor celeste, poichè questi amori sono opposti; gli è questo che s'intende per le parole d'Abrahamo al ricco nell'Inferno: « *Fra noi e voi è posta una gran voragine, talchè coloro che vorrebbero di qui passare a voi, nol possono; parimente coloro che son di là*, (non possono) *passare a noi* » — Luc. XVI. 26. Quindi egli è evidente che coloro che vanno nell'Inferno, ivi rimangono in eterno, e coloro che vanno nel Cielo, vi dimorano eternamente.

DELLA CHIESA.

241. Quel che appo l'uomo fa il Cielo, quello ancora fa la Chiesa, perciocchè siccome l'Amore e la Fede fanno il Cielo, del pari l'Amore e la Fede fanno altresì la Chiesa : in conseguenza, da ciò che s' è detto dianzi, si vede chiaro che cosa sia la Chiesa.

242. Si è detto che la Chiesa è là dove il.Signore è conosciuto, e dov' è la Parola ; essendochè gli essenziali della Chiesa sono l' amore e la fede verso il Signore secondo il Signore, e la Parola insegna come l'uomo deve vivere, onde ricevere l'amore e la fede dal Signore.

243. Perchè la Chiesa esista, bisogna che vi sia una Dottrina tratta dalla Parola, poichè senza dottrina non s'intende la Parola ; ma la dottrina sola non fa la Chiesa appo l' uomo, bensì la fa la vita conforme alla dottrina ; quindi emerge non esser la sola fede che fa la Chiesa, ma la vita della fede ch'è la carità. La genuina dottrina è la dottrina della carità ed insieme della fede, e non già la dottrina della fede senza la dottrina della carità ; giacchè la dottrina della carità ed insieme della fede, è la dottrina della vita, non però è tale la dottrina della fede senza la dottrina della carità.

244. Coloro che son fuori della Chiesa, e nondimeno riconoscono un solo Dio, e vivono secondo la loro religiosità, in una certa qual carità rispetto al prossimo, sono in comunione con quelli che son della Chiesa, perciocchè nessuno che crede in Dio e vive bene, è dannato ; quindi egli è evidente che la Chiesa del Signore è dappertutto nell' universo mondo, sebbene essa sia specialmente dove il Signore è conosciuto, e dov' è la Parola.

245. Chiunque appo cui è la Chiesa, è salvato ; ma chiunque appo cui non è la Chiesa, è condannato.

DELLA SCRITTURA SACRA O DELLA PAROLA.

249. L' uomo senza una Rivelazione procedente dal Divino, non può saper nulla della vita eterna, nè cosa alcuna di Dio, ed ancor meno può sapere dell' amore e della fede in Lui : in effetti, l' uomo nasce in una perfetta ignoranza, ed in seguito,

dalle cose mondane bisogna che impari tutte quelle per le quali deve formar il suo intelletto; egli nasce eziandio, per l'ereditario, in ogni male che proviene dall'amor di sè e del mondo; i piaceri che ne derivano signoreggiano continuamente, e suggeriscono tali cose che son diametralmente opposte al Divino: ora gli è da ciò che l'uomo non sappia nulla della vita eterna: perciò era necessaria una Rivelazione, mediante la quale ne avesse conoscenza.

250. Che i mali dell'amor di sè e del mondo portino una tale ignoranza di quelle cose che spettano alla vita eterna, si manifesta potentemente da coloro dentro la Chiesa, i quali benchè sappiano dalla Rivelazione che havvi un Dio, che v'è il Cielo e l'Inferno, che v'è una Vita eterna e che debbesi acquistar questa vita per il bene dell'amore e della fede, cadono ad onta di ciò, tanto gli eruditi quanto i non eruditi, sin nel negativo sopra tali punti. Quindi è di bel nuovo manifesto quanto sarebbe l'ignoranza se non vi fosse alcuna Rivelazione.

251. Poichè dunque l'uomo vive dopo la morte, ed allora eternamente, e poichè gli resta la vita conforme al suo amore e alla sua fede, ne segue che il Divino per amore verso il Genere Umano, ha rivelato tali cose le quali conducono a quella vita e contribuiscono alla salute dell'uomo. Quel che il Divino ha rivelato è appo noi la Parola.

252. La Parola essendo la Rivelazione procedente dal Divino, essa è Divina in ogni e singola cosa di cui si compone; poichè ciò ch'emana dal Divino non può essere altrimenti. Quel ch'emana dal Divino scende per i Cieli fino all'uomo; per la qual cosa la Parola ne' Cieli è stata accomodata alla Sapienza degli Angeli che son ivi, e nelle Terre è stata accomodata alla concezione degli uomini che le abitano: perciò nella Parola vi è per gli Angeli un senso interno il quale è spirituale, e per gli uomini un senso esterno il qual'è naturale: quindi avviene che la congiunzione del Cielo con l'uomo si fa per la Parola.

253. Il senso genuino della Parola non è compreso che da quelli che sono illustrati; e sono illustrati soltanto coloro i quali dimorano nell'amore e nella fede verso il Signore; perciocchè gl'interiori di essi sono elevati dal Signore alla luce del cielo.

254. La Parola, nella lettera, non può esser capita se non per mezzo d'una Dottrina fatta da un uomo illustrato secondo la Parola; il senso letterale di essa è accomodato alla concezione degli uomini anche semplici; onde la Dottrina tratta dalla Parola deve servir loro a guisa di fiaccola.

DELLA PROVIDENZA.

267. Il Governo del Signore ne' Cieli e nelle Terre chiamasi Providenza; e siccome ogni bene che si riferisce all' amore, ed ogni vero che appartiene alla fede per cui s' ottiene la salute, procedono dal Signore, e nulla assolutamente proviene dall'uomo, gli è quindi evidente che la Divina Providenza del Signore sia in ogni e singola cosa che contribuisce alla salute del Genere Umano: Il Signore lo insegna in Giovanni così: « *Io son la Via, la Verità e la Vita.* » — XIV. 6: — ed altrove: « *Siccome il tralcio non può portar frutto da sè stesso, se non dimora nella vite, così nè anche voi se non dimorate in Me; fuori di Me non potete far nulla* » — XV. 4, 5.

268. La Providenza Divina del Signore esiste per fin nei minimi particolari della vita dell'uomo, imperocchè non c' è che un' unica sorgente di vita, che è il Signore, da Cui siamo, viviamo e ci muoviamo.

269. Coloro i quali dietro le cose mondane pensano su la Providenza, ne inferiscono ch' ella sia solamente universale, e che i particolari siano in balìa dell' uomo; ma cotestoro non conoscendo gli arcani del cielo, tirano perciò le loro conclusioni unicamente dagli Amori di sè e del mondo e dalle loro voluttà; lorchè dunque essi vedono i furfanti elevarsi agli onori ed acquistare maggior ricchezze dei buoni, quando veggono ancora i maligni riuscir nelle loro macchinazioni, essi dicono nel cuor loro, ch' ei non sarebbe così, se la Divina Providenza fosse in ogni e singola cosa; ma essi non considerano che la Providenza Divina non riguarda ciò che brevemente passa e finisce nel mondo con la vita dell' uomo, bensì le sue viste mirano a ciò che dura eternamente, quindi a quel che non ha fine. Quel che non ha mai fine, quello È, ma quel che ha fine, quello relativamente non È; consideri, chi il può, se centomila anni sian qualche cosa in confronto all' eternità; ed ei percepirà che non son niente; e che cosa sono adunque alcuni anni di vita nel mondo?

270. Chi esamina con discernimento può sapere che la Preminenza e l' Opulenza nel mondo non son reali Benedizioni Divine, ad onta che l' uomo, dal godimento che trova in esse, così le chiami, dappoichè esse passano, ed anche seducono molti, e rivoltano dal Cielo; ma che la vita eterna e la felicità di essa

sono bensì reali Benedizioni che procedono dal Divino: gli è pur questo che insegna il Signore in Luca: « *Fatevi un tesoro ne' cieli che non vien meno giammai, ove il ladro non giunge; ed ove la tignuola non guasta; perciocchè dov'è il vostro tesoro, quivi eziandio sarà il vostro cuore.* » XII. 33, 34.

271. Se i malvagi riescono nelle loro macchinazioni, egli è perchè sta nell'ordine Divino che ognuno, in forza della ragione, faccia quel che fa, e lo faccia ancora secondo il libero, pertanto, se non fosse stato lasciato in balía dell'uomo d'agire conforme alla sua ragione in virtù del libero, e quindi se gli artificii che ne derivano non riuscissero, l'uomo non potrebbe in conto nessuno esser disposto a ricevere la vita eterna, essendochè questa vita viene insinuata allor che l'uomo è nel libero, e quando la sua ragione è illustrata; niuno, infatti, può esser costretto al bene, perchè nulla di coatto inerisce, a motivo che ciò non appartiene all'uomo; quella divien cosa dell'uomo medesimo, la quale sia fatta in virtù del libero secondo la sua ragione, poichè secondo il libero si fa quel che viene dalla volontà o dall'amore, e la volontà o l'amore è l'uomo stesso; se l'uomo fosse costretto a ciò che non vuole, egli, nell'animo, inclinerebbe sempre verso ciò che vuole; e inoltre ognuno propende verso quel ch'è vietato, e questo per una cagione latente, perchè l'uomo tende al libero; onde chiaro apparisce che se l'uomo non fosse mantenuto nel libero, non potrebb'essere provveduto al bene per lui.

272. Lasciare all'uomo in forza del suo libero, di pensare, anche di volere, e per quanto non lo vietan le leggi, di fare il male, si chiama Permettere.

273. Esser condotto a felici fortune nel mondo per avvedutezza, sembra all'uomo quasi fosse un effetto della propria prudenza, ma sta sempre però che la Divina Providenza accompagna incessantemente, permettendo e frastornando continuamente dal male: all'incontro, esser condotto a felici sorti nel Cielo, si sa e si percepisce che non lo è per propria prudenza, perchè ciò proviene dal Signore, e s'effettua secondo la sua Divina Providenza, disponendo e conducendo continuamente al bene.

274. Che sia così, l'uomo non può capirlo in virtù del lume naturale, poichè, per esso, egli non conosce le leggi dell'ordine Divino.

275. Bisogna sapere che c'è la Providenza e la Previdenza; egli è al bene che il Signore Provvede, il male poi si Prevede dal Signore; l'una dev'esser con l'altra, poichè quel che viene dall'uomo non è altro che male, ma quel che deriva dal Signore non è che il bene.

DEL SIGNORE.

280. Havvi un solo Dio, il quale è il Creatore dell'universo e il Conservatore dell'universo; il quale è per conseguente il Dio del cielo e della terra.

281. Due son le cose che fanno la vita del cielo appo l'uomo, il Bene dell'amore ed il Vero della fede; questa vita emana da Dio nell'uomo, e niente assolutamente ne deriva dall'uomo; pertanto il principale della Chiesa si è di riconoscere Iddio, di credere in Dio e d'amar Dio.

282. Coloro che son nati nel seno della Chiesa devono riconoscere il Signore, il suo Divino ed il suo Umano, credere in Lui ed amarlo, chè dal Signore procede ogni salute: questo insegna il Signore in Giovanni: « *Chi crede nel Figliuolo ha vita eterna; ma chi non crede al Figliuolo, non vedrà la vita, ma l'ira di Dio dimora sopra di lui* » — III. 36. — Nello stesso — « *La volontà di Colui che Mi ha mandato è questa, che chiunque vede il Figliuolo e crede in Lui, abbia vita eterna; ed Io lo risusciterò nell'ultimo giorno* » — VI. 40; — Nello stesso — « *Gesù disse, Io son la risurrezione e la vita; chiunque crede in Me, benchè muoja, vivrà; ma chiunque vive e crede in Me, non morrà giammai in eterno.* » — XI. 25, 26.

283. Coloro ·pertanto che, nel seno della Chiesa, non riconoscono il Signore, nè il suo Divino, non ponno esser congiunti con Dio, nè quindi aver parte alcuna alla sorte con gli Angeli nel Cielo; in fatti, niuno può esser congiunto a Dio, se non per il Signore e nel Signore. Che nessuno possa esser congiunto a Dio se non per il Signore, gli è quel che insegna il Signore in Giovanni: « *Niuno vide giammai Iddio, l'Unigenito Figliuolo ch'è nel seno del Padre è quel che L'ha esposto* » I. 18; — Nel medesimo: « *Voi non udiste giammai la voce del Padre, nè vedeste la sua sembianza* » V. 37; — In Matteo. « *Niuno conosce il Padre se non il Figliuolo, e colui a cui il Figliuolo ha voluto rivelarlo* » XI. 27; — ed in Giovanni: « *Io son la Via, la Verità e la Vita, niun viene al Padre se non per Me.* » XIV. 6. — Che nessuno possa esser congiunto con Dio se non nel Signore, gli è perchè il Padre è in Esso e perchè sono uno, come pure Egli lo insegna in Giovanni: « *Se voi Mi aveste conosciuto, avreste conosciuto anche il Padre mio: chi Mi vede,*

vede il Padre ; Filippo non credi Tu che Io (son) *nel Padre, e che il Padre* (è) *in Me ? Credetemi che Io* (son) *nel Padre e che il Padre* (è) *in Me* » — XIV. 7 a 11; — e nello stesso: « *Il Padre ed Io siamo uno. Acciocchè conosciate e crediate che Io* (son) *nel Padre, e che il Padre* (è) *in Me* » — X. 30, 38.

284. Poichè il Padre è nel Signore, e il Padre ed il Signore sono uno, e poichè si deve credere in Lui, e chi crede in Lui ha vita eterna, egli è evidente che il Signore sia Dio. Che il Signore sia Dio, la Parola lo insegna in Giovanni : « *Nel principio la Parola era, e la Parola era appo Dio ; e* DIO ELLA ERA, LA PAROLA ! *ogni cosa è stata fatta per Essa ; e senza Essa niuna cosa fatta è stata fatta. E La Parola s' è fatta Carne, ed è abitato fra noi, e noi abbiamo contemplata la sua gloria; gloria come dell'Unigenito Generato dal Padre* » — I. 1, 3, 14; — in Isaia : « *Un fanciullo ci è nato, un figliuolo ci è stato dato; sul suo omero sarà l'imperio, e sarà chiamato il suo Nome,* DIO, l'EROE, *il* PADRE DELL'ETERNITÀ, *il Principe della pace* » — IX. 5; nello Stesso : *La Vergine concepirà e partorirà un figliuolo e sarà chiamato il suo Nome, Dio con Noi,* VII. 14. Matt. I. 23; — ed in Ieremia : « *Ecco i giorni verranno, che io farò sorgere a Davide un Germoglio giusto, il quale regnerà da Re, e prospererà, e questo sarà il suo Nome, del quale sarà chiamato :* JEHOVA NOSTRA GIUSTIZIA » — XXIII. 5, 6. XXXIII. 15, 16.

285. Quanti sono nella Chiesa e nella luce che viene dal Cielo, veggono il Divino nel Signore; ma quelli che non son nella luce proveniente dal Cielo, non veggono che l'Umano nel Signore, mentre tuttavia il Divino e l'Umano sono stati così uniti in Lui ch'essi son uno; come parimente il Signore l'ha insegnato altrove in Giovanni : « *Padre, tutte le cose Mie sono Tue, e tutte le cose Tue, Mie.* » XVII. 10.

286. Che il Signore sia stato concepito da Jehova il Padre, e che perciò egli sia Dio per concezione, gli è noto nella Chiesa; come pure ch'egli sia risorto con tutto il corpo, non avendo lasciato nulla nel sepolcro, di che ancora Egli ne confermò poscia i discepoli, dicendo: « *Vedete le Mie mani e i Miei piedi; perciocchè son Io stesso ; palpatemi e vedete; conciossiachè uno Spirito non abbia carne nè ossa, come Mi vedete avere.* » — Luc. XXIV. 39: — e benchè fosse uomo quanto alla carne e alle ossa, ciò non ostante entrò, essendo le porte serrate, e poscia che s'ebbe manifestato, divenne invisibile. — Giovanni XX. 19, 26. Luc. XXIV. 31. — Diversamente avviene d'ogni uomo, perciocchè l'uomo risuscita solo in quanto allo spirito, e non in

quanto al corpo; laonde quando disse *ch' Ei non era come uno Spirito*, disse ch' Egli non è come un altro uomo. Quindi chiaramente apparisce che anche l'Umano nel Signore sia Divino.

287. Ogni uomo trae da suo padre l'Essere di sua vita, che chiamasi l'Anima sua, l'Esistere della vita che ne proviene si chiama Corpo; quindi il Corpo è l'Effigie della sua Anima, essendochè per il corpo l'Anima regoli la sua vita a suo gradimento: gli è da ciò che proviene che gli uomini nascono a simigilanza de' loro genitori, e che le famiglie si ravvisano fra le altre: da ciò si può chiaramente vedere qual sia stato il Corpo, ovvero qual sia stato l'Umano del Signore, cioè egli è stato come lo stesso Divino che era l'Essere di sua vita, o l'Anima dal Padre; perciò Egli disse: « *Chi Mi vede, vede il Padre* » — Gio. XIV. 9.

288. Che il Divino e l'Umano del Signore siano una sola Persona, è secondo la fede ricevuta in tutto il Mondo Cristiano, la qual fede è la seguente: « *Benchè Cristo sia Dio e Uomo, ciò nondimeno, non son due, ma un sol Cristo; anzi Egli è assolutamente uno ed una sola Persona; poichè siccome il corpo e l'anima sono un sol uomo, così del pari Dio e l'Uomo è un sol Cristo.* Queste parole sono estratte dal Simbolo d'Atanasio.

289. Coloro i quali han della Divinità l'idea di tre Persone, non ponno aver l'idea d'un solo Dio; se con la bocca profferiscono uno, sta sempre però che essi pensano tre: ma quelli che han della Divinità l'idea di Tre in una sola Persona, quelli ponno aver l'idea di un solo Dio, non che dire un solo Dio, ed anche pensare un solo Dio;

290. L'idea di Tre in una sola Persona si ha quando si pensa che il Padre è nel Signore, e che lo Spirito Santo procede dal Signore; allora il Trino nel Signore è lo stesso Divino che si denomina Padre, il Divino Umano che si noma Figlio, e il Divino procedente che nomasi Spirito Santo.

291. Siccome nel Signore tutto è Divino, perciò Egli ha ogni Potestà nei cieli e nelle terre; il che Egli medesimo dichiara in Giovanni: « *Il Padre ha dato ogni cosa in mano del Figliuolo* » III. 35; — nello stesso: « *Il Padre ha dato al Figliuolo potestà sopra ogni carne* » XVII. 2; in Matteo: « *Ogni cosa mi è stata data in mano dal Padre* » — XI. 27; — nello stesso: « *Ogni podestà mi è stata data* IN CIELO ED IN TERRA » XXVIII. 18. — Una tale potestà è Divina.

292. Coloro che fanno l'Umano del Signore simile all'umano d'un altro uomo, non riflettono sul Concepimento di Esso per

virtù dello stesso Divino: eglino non considerano che il corpo di ciascuno è l'effigie della sua anima. Non pensano nemmeno alla Risurrezione del Signore con tutto il Corpo, nè alla sua Trasfigurazione, in cui fu vista risplendere la sua faccia come il Sole. Nè manco pensano che quel che il Signore disse della fede in Lui, d' essere egli uno col Padre, della Glorificazione e della Potestà sul Cielo e sulla Terra, sono cose Divine e sono state dette del suo Umano. Neppur si sovvengono che il Signore è Onnipresente, anche in quanto all'Umano, Matteo XXVIII. 20; — Da qui nondimeno ha origine la fede della sua Onnipresenza nella Santa Cena; l' Onnipresenza è Divina. Ovveramente coloro forse non pensano che il Divino, che si denomina Spirito Santo, proceda dal suo Umano; eppur tuttavia esso procede dal suo Umano glorificato, giacchè egli è detto « *Non v' era ancora lo Spirito Santo; perciocchè Gesù non era ancora stato glorificato* » Gio. VII. 39.

293. Il Signore venne nel mondo per salvare il Genere umano, il quale diversamente sarebbe perito di morte eterna; ed Egli l' ha salvato per ciò che ha soggiogato gl' inferni che infestavano ogni uomo venendo nel mondo, ed uscendo dal mondo; e parimente per questo, che ha glorificato il suo Umano; poichè così può tenere gl' inferni soggiogati in eterno. La Soggiogazione degli inferni, ed insieme la Glorificazione del suo Umano, sono state fatte per le Tentazioni ammesse nell' Umano ch' ebbe dalla madre, ed al tempo stesso per le continue Vittorie; la sua Passione sulla croce fu l' ultima Tentazione e la completa Vittoria.

294. Che il Signore abbia soggiogato gl' inferni, l' insegna Egli medesimo in Giovanni, allorchè era imminente la Passione della croce; allora Gesù disse: « *Ora è il giudizio di questo mondo;* — Ora sarà cacciato fuori il Principe di questo mondo » — XII. 27, 28, 31; — nello stesso: « *Abbiate fiducia;* Io ho vinto il mondo » — XVI. 33; — ed in Isaia; « *Chi* (è) *costui che vien d'Edom, che cammina nella grandezza della sua forza, grande per salvare? Il mio braccio mi ha operato salute; perciò egli è divenuto per quelli un Salvatore* » — LXIII. 1 a 18; LIX. 16 a 21. — Che il Signore abbia glorificato il suo Umano, e che la Passione della croce sia stata l'ultima Tentazione e la completa Vittoria per cui è stato glorificato, lo insegna ancora Egli in Giovanni: « *Dopo che Giuda fu uscito, Gesù disse: Ora è glorificato il Figliuol dell' Uomo, e Dio Lo glorificherà in Sè Stesso, e tosto Lo glorificherà* » — XIII. 31, 32; nel medesimo: « *Padre! l' ora è venuta; glorifica il tuo Figliuolo,*

acciocchè altresì il Figliuolo glorifichi Te » — XVII. 1, 5; —
nello stesso: « *Ora è turbata l'anima Mia; Padre, glorifica il
tuo Nome; ed uscì dal Cielo una voce: E l'ho glorificato e lo
glorificherò ancora* » — XII. 27, 28; ed in Luc. « *Non conve-
niva egli che il Cristo soffrisse queste cose, e così entrasse nella
Sua gloria?* » XXIV. 26. — Queste cose sono state dette della
sua Passione; glorificare si è far Divino. Da ciò ora è manifesto che se il Signore non fosse venuto nel Mondo, e non si fosse
fatto uomo, e per tal mezzo non avesse liberato dall'inferno
tutti quelli che credono in Lui e L'amano, alcun mortale non
avrebbe potuto esser salvato; gli è così che s'intende che senza
il Signore non v'ha salute.

295. Quando il Signore ebbe pienamente glorificato il suo
Umano, allora spogliò l'Umano che avea preso dalla madre, e
rivestì l'Umano proveniente dal Padre, il quale è il Divino U-
mano; ond'Egli non fu più da quell'ora il Figliuol di Maria.

296. La Prima e la Principal cosa della Chiesa si è di riconoscere il suo Dio; dappoichè senza questa conoscenza e riconoscenza non v'ha congiunzione; quindi non si dà congiunzione
nella Chiesa senza la riconoscenza del Signore. Il Signore insegna ciò in Giovanni: « *Chi crede nel Figliuolo, ha la vita eterna;
chi però non crede nel Figliuolo, non vedrà la vita, ma l'ira
di Dio dimora sopra lui* » III. 36. — Ed altrove: « *Se voi non
credete che Io sia, voi morrete ne' vostri peccati* » VIII. 24.

167. Che nel Signore vi sia il Trino, vale a dire, lo Stesso
Divino, il Divino Umano, e il Divino procedente, gli è un arcano
del Cielo, e per coloro che saranno nella Santa Gerusalemme.

DEL GOVERNO ECCLESIASTICO E CIVILE.

311. Vi son due sorte di cose che devono essere in ordine
appo gli uomini, cioé, le cose che appartengono al Cielo e quelle
che spettano al Mondo: quelle che concernono il Cielo si nomano
Ecclesiastiche, quelle che riguardano il Mondo chiamansi civili.

312. L'ordine non può esser mantenuto nel Mondo senza
Governatori che sorveglino tutto ciò che si fa secondo l'ordine,
e tutto quel che si fa contro l'ordine; e che ricompensino coloro che vivono conforme all'ordine, e puniscano quelli che
l'infrangono; se così non fosse, il Genere umano perirebbe;
imperciocchè in ogni uomo, per l'ereditario, è innata la pro-

pensione di voler comandare agli altri, e di possedere le altrui ricchezze, donde scaturiscono inimicizie, invidie, odi, vendette, fraudi, crudeltà, e più altri mali; pertanto, se gli uomini non fossero contenuti per le leggi e per le ricompense convenienti ai loro amori, le quali sono onori e lucri, per quelli che fanno i beni, e con i gastighi contrari ai loro amori, i quali sono la perdita della stima, delle ricchezze e della vita, per coloro che fanno i mali, il Genere umano anderebbe in perdizione.

313. Vi devono essere adunque Governatori che mantengano nell'ordine le comunanze degli uomini, e i quali saranno esperti nelle leggi, sapienti, e timorati di Dio. Vi dev'essere parimenti fra i Governatori una gerarchìa, acciocchè niun di loro, o per arbitrio o per ignoranza, permetta i mali contro l'ordine, e per tal guisa nol distrugga, il che s'evita quando vi sono Governatori superiori e inferiori tra cui esista una subordinazione.

314. I Governatori delegati sopra quelle cose che presso gli uomini concernono il Cielo, ossia sulle cose Ecclesiastiche, si chiamano Sacerdoti, ed il loro ministero chiamasi Sacerdozio. I Governatori poi delegati sulle cose che presso gli uomini riguardano il Mondo, ossia sulle cose Civili, chiamansi Magistrati, ed il primo fra essi, dov'esiste una tal Sovranità, si chiama Re.

315. Per quel che spetta ai Sacerdoti, essi devono insegnare agli uomini la via che conduce al Cielo, e ancora guidarveli; essi quindi li ammaestreranno conforme alla Dottrina della loro Chiesa secondo la Parola, e li dirigeranno, acciocchè vivano concordemente a quella Dottrina. I Sacerdoti che insegnano i veri e per essi conducono al bene della vita, e quindi al Signore, sono i buoni Pastori dell'ovile, ma coloro che insegnano e non conducono al bene della vita, nè quindi al Signore, sono cattivi Pastori.

316. I Sacerdoti non devono arrogarsi alcun potere sulle anime degli uomini, perciocchè eglino non sanno in quale stato siano gli interiori dell'uomo, meno ancora si devono arrogare il potere d'aprire e chiudere il Cielo, essendochè questo potere appartiene al Signore solo.

317. I Sacerdoti devono aver dignità ed onori per cagion delle cose sante annesse alle loro funzioni; ma quelli tra essi che son savi, attribuiscono l'onore al Signore, da Cui emanano le cose sante, e non già a sè stessi; coloro poi che non sono savi, attribuiscono l'onore a sè medesimi; essi lo rubano al Signore. Coloro che s'attribuiscono l'onore a motivo delle cose sante ch'essi esercitano, preferiscono l'onore ed il guadagno alla salute delle anime, a cui dovrebbero vigilare; ma quelli

che danno l'onore al Signore e non a sè, preferiscono la salute delle anime all'onore ed al guadagno. L'onore di qualsivoglia funzione non risiede nella persona, ma l'è annesso secondo la dignità della cosa che amministra, e quel che si annette, non appartenendo alla persona medesima, si separa eziandio con la funzione: l'onore nella persona è l'onore della sapienza e del timor del Signore.

318. I Sacerdoti devono ammaestrare il popolo, e condurlo, per i veri, al bene della vita, ma però essi non devono costringere nessuno, dappoichè nessuno può essere costretto a credere il contrario di ciò che dal fondo del cuore ha pensato essere il vero; chi crede diversamente dal Sacerdote e non suscita turbolenze, dev'essere lasciato in pace, ma chi solleva tumulti dev'essere segregato; imperocchè questo altresì appartiene all'ordine per cui il Sacerdozio è stabilito.

319. Siccome i Sacerdoti sono preposti ad amministrare quelle cose che concernono la Legge Divina ed il Culto, così parimente i Re ed i Magistrati lo sono per amministrare le cose che concernono la Legge civile ed il Giudizio.

320. Non potendo il Re da sè solo amministrare ogni cosa, vi devono esser quindi de' Governatori sottoposti a lui, ad ognun de' quali vien conferita l'amministrazione d'una provincia che il Re non può nè basta ad amministrare; questi Governatori, presi insieme, costituiscono la Dignità reale, però il Re egli medesimo n'è il capo supremo.

321. La reale Dignità essa stessa non è nella persona, ma è aggiunta alla persona; il Re che crede che la Dignità reale sia nella sua persona, ed il Governatore che crede che la Dignità di sue funzioni sia nella sua persona, non son savii.

322. La Dignità reale consiste nell'amministrare secondo le leggi del Regno, e nel giudicar conforme a quelle leggi per il giusto. Il Re che considera le Leggi sopra di lui, è savio, quegli all'incontro che si considera sopra le Leggi, non è savio. Il Re che riguarda le Leggi sopra di lui, pone la Dignità reale nella Legge, e la Legge domina sopra lui, poichè egli sà che la Legge è la Giustizia, ed ogni Giustizia è Divina: ma il Re che si considera sopra le Leggi, ripone la Dignità reale in sè medesimo, e crede, o d'essere egli stesso la Legge, o che la Legge, ch'è la Giustizia, venga da lui; quindi egli s'arroga ciò che è Divino, sotto del quale tuttavia dovrebbe essere.

323. La Legge, ch'è la Giustizia, dev'essere stabilita nel Regno da Giureconsulti sapienti e timorati di Dio; sotto la quale

il Re ed i sudditi quindi vivranno: il Re che vive secondo la Legge stabilita, e che in questo preceda i sudditi con l'esempio, desso è veramente un Re.

324. Il Rè che ha un potere assoluto, e che crede i suoi sudditi sian tali schiavi ch'egli abbia diritto sulle loro possessioni e sulla loro vita, se esercita un cotal diritto, egli non è un Re ma un tiranno.

325. Si deve al Re obbedienza secondo le leggi del Regno, e non si deve oltraggiarlo in guisa alcuna, nè in fatti nè con parole; imperocchè da ciò dipende la sicurezza pubblica.

INDICE